極上御曹司は、
契約妻を独占愛で離さない

秋桜ヒロロ
Hiroro Akizakura

Eternity
BUNKO

目次

極上御曹司は、
契約妻を独占愛で離さない

プロローグ

桐崎小春《きりさきこはる》は、まあまあ恵まれている。

あまり風邪をひかない健康的な身体に、程々に物事を覚えられる頭。

優しい育ての親と、しっかり者の弟。

親切な友人と、尊敬できる職場の人たちに囲まれて、今まで生きてきた。

強運の持ち主……とまでは言わないが、程々に運はいいほうだと自負している。そして雨女でもなければトラブルメーカーでもない。

もちろん、二十六年間の人生で一度も挫折《ざせつ》がなかったわけではないし、それなりに苦労も嫌なこともあった。その上で自分の人生は恵まれているほうだと、小春自身は思っている。

しかし、恵まれすぎたとあるものが、彼女の人生に僅《わず》かに暗い影を落としているのもまた事実だった。

ミシ……ミシ……

推定重量、六百七十グラム。二つ合わせて千三百五十グラムオーバーの巨大な双丘は、『丘』というよりもはや『山』である。標高にして二百五十ミリメートル。表記で言えば『Gカップ』。

メロンともどんぶりとも揶揄《やゆ》されるその二つの巨大な実りを支えているのは、半年物のブラジャー。ピンク色で可愛らしい花のレースがついた、小春お気に入りの一品である。

それが、本日限界を迎えようとしていた。

ミシ……ミシ……

『ももちゃん』とまで名前をつけて可愛がっていたブラジャーが、今際《いまわ》の際《きわ》に金切り声を上げる。しかし、仕事に精を出している小春は、その声に気づいていない。

ミシ……ミシ……

「先輩ー！　ちょっといいですか？」

「あ、うん！　大丈夫だよ！」

小春は後輩の呼びかけに席を立ち、振り返った。

その瞬間――

パアアァァァン！

響き渡る断末魔の叫び。途端に開放的になる胸元に小春は固まる。

彼女のブラジャー《ももちゃん》のホックは、ものの見事に弾《はじ》け飛んだ。

享年、半年である。

響き渡ったその音に、同じフロアにいた同僚たちも「なんだ？」「なんの音だ？」とにわかにざわめいたが、まさかそれがブラジャーのホックが壊れた音だと気づく者は誰もいなかった。

小春は胸元を押さえながら、自分を呼んだ後輩に笑顔を取り繕う。

「ごめん。私ちょっとトイレ行ってくるね」

桐崎小春、二十六歳。

彼女のたった一つの悩み。

それは、自身の胸が恵まれすぎていることだった。

第一章

「うぅ、どうしよう……」

小春は会社にあるトイレの個室で、泣きそうな声をもらした。彼女の二つのメロンを支えていた『ももちゃん』のホックは三つとも全て壊れてしまっており、どこからどう見ても修復は不可能だった。だからといって代わりのブラジャーを持ち歩いているわけではないので、小春はポケットに忍ばせていた安全ピンでホックだった部分を固定する。

「これ、可愛くて気に入ってたのにな……」

小春は残念そうな声で呟く。

彼女ほどのサイズになると、可愛いデザインのブラジャーというものがほとんどない。大きすぎてブラジャーというよりは補正下着といった感じの見た目になるし、広い布面積を覆うためにレースだってごちゃごちゃしてしまう。そもそも彼女のサイズのブラジャーは店頭に置いていないし、有名なメーカーでも取り扱いがない。だからといってネットで買おうにも生産数が少ないので価格は高いし、人気商品はすぐに売り切れになってしまう。

だからこそ、このブラジャーは大切にしてきたのだ。名前までつけて……

小春が自分の胸は人より大きいかもしれないと気がついたのは、小学校の高学年の時だった。制服のシャツがきつくなって、ボタンを閉めるのが難しくなった。彼女は最初、それを太ったからだと思いダイエットに励んだが、お腹や手足は細くなるのに、胸だけはどうしても小さくならなかった。

それからは、なんというか戦いだった。戦っている相手はそう、自分の胸である。

中高生の時は胸のせいで男子生徒から変な目で見られることも多かった。水泳の授業も彼らの視線が嫌すぎてほとんど参加できなかったし、体育の授業では胸が痛くなるので走るのも苦手だった。

親切にしてくれていた男性教諭が実は小春の胸を盗撮していたと知った時は不登校になりかけたし、その男性教諭の後釜に座った女性教諭が「その胸のせいで。ふーん。まぁ、それは仕方がないわよね……」と蔑《さげす》むような笑いを見せた時も精神的なダメージが大きかった。

小春の闘いは社会人になってからも続き、今の会社に入った時も最初はセクハラまがいの発言をよくされたし、電車では頻繁に痴漢《ちかん》に遭い、ストーカーにまで発展することもあった。

さすがにブラジャーが人前で壊れるのは数年に一度あるかないかだが、安全ピンを持ち歩くぐらいには慣れた事態ではあった。

「でもまぁ、今日はあと資料まとめて帰るだけだから、なんとかなるわよね！」

安全ピンで一時的な修理をしたブラジャーを着け直しながら、小春はそう自分を鼓舞する。今までの経験から言って、あと数時間ぐらいならこの状態でなんとかなるだろう。仕事が終わったあと、寄り道することなくまっすぐに自宅に帰れば、最悪の事態は避けられる。そう思っていたのに……

「今日は、飲みに行くぞー！」

「ええ……」

仕事が終わる直前、そう声を上げた上司に、小春はそんな声をもらしてしまった。

終業から一時間後、小春の姿は居酒屋にあった。

大手チェーンの居酒屋で、フロアも広く、彼女たちの他にも数組の客が互いに酒を酌み交わしていた。

(飲み会って好きじゃないんだよなぁ……)

小春は小さくため息をつきながら、持っていたウーロン茶に口をつける。

大学生時代も社会人になってからも、彼女はこういう集まりがあまり得意ではない。

その理由として、飲み会自体にいい思い出がないからだった。大学生時代は、無理やりお酒を飲まされたり、セクハラされたりする飲み会ばかり。お酒で気が大きくなるのか、男女問わず身体（主に胸）を触ってくるし、盛り上がった時の下ネタも苦手だ。

社会人になってからはまだましになったものの、それでもいつもよりスキンシップの多い同僚に困ることは多々あるし、相変わらずお酒を強要《きょうよう》してくる人も少なくない。

だから、小春はこういう飲み会は極力断るようにしているのだが……。

(今回の飲み会はそういうわけにもいかないものね……)

なんといっても、今回の飲み会の主役は小春なのだ。

この飲み会は、あるプロジェクトの成功を祝して行われたもので、その陣頭指揮をとっていたのが、小春だったのだ。後輩たちも乗り気だったし、これで小春一人が「すみません。ちょっと今回は行けないです……」というのは少し、というか、だいぶ気が引ける。

ブラジャーのことは大変気になったが、念のため上着を羽織っているし、なにか衝撃が加わらない限り安全ピンが外れることもないだろう、とたかを括《くく》っていた。

「私、桐崎先輩とお話ししてみたかったんですよねー!」

そう言いながら、こちらにしなだれかかってくるのは、小春の下について今回のプロジェクトを盛り上げてくれたもう一人の立役者だ。

本多美優《ほんだみゆう》、二十四歳。二つ下の後輩である。

小春たちが勤めているエトランゼ珈琲《コーヒー》は、珍しい食べ物や飲み物を海外から輸入し、全国の店舗で販売している会社だ。小春たちが成功させたのは、台湾《たいわん》フェア。スイーツを中心に日本人の口に合う食べ物や調味料などを台湾各地から探し出し、取り寄せ、販売した。特に、小春が現地に行って探し出してきた台湾カステラは好評で、ほかのメーカーのものよりもふわふわで、日持ちもするとSNSで大変話題になったのだ。

そのおかげか、売上は前のフェアの三倍。少しだけだが、テレビでも取り上げられた。

「私、最初は桐崎先輩のことちょっと舐めてたんですよね。おっぱいが大きいだけのカマトト女子かと思っちゃっててー」

「そう、なんだ」

「でも、一緒に仕事していて印象が変わりました。先輩って本当に努力家ですよね。今回のフェアも、成功したのは先輩のおかげですもん！　最初、台湾のメーカーに断られた時、私一人だったら絶対に諦めてましたよ！」

「そんなことないでしょ」

「そんなことあります！」

美優は頬を膨らませ、抗議の姿勢を取る。小春は苦笑いしながら、彼女の背を撫でた。あまりのへべれけぶりに水を勧めると、美優はそれを一気に呷《あお》り、今度は机に突っ伏してしまった。

そして聞こえてくる小さな寝息。

「全く……」

子供のようなその行動に、困ったように眉尻を下げた。普段はしっかり者の頼れる後輩なのに、こういうところはなんだか憎めなくて可愛らしい。

そばにあった上着をかけてやると、美優はむにゃむにゃと唇を動かし、「ありがとうございますぅ」と頬を引き上げた。

そうしていると、今度は背中のほうで声がする。

「おい、桐崎。ちょっといいか」

振り返ると、部長が手招きをしていた。

小春はウーロン茶を持って席を立つと、部長の隣に腰を下ろした。

「部長。どうかしましたか？」

「どうかしましたかって、今回の主役を褒めてやろうと思ってな。……今回はご苦労さん」

グラスを差し出されたので、こちらも差し出し乾杯をする。

部長は機嫌よくお酒を呷《あお》る。

「今回のフェア。正直言うとな、結構ハラハラしたんだぞ？　諦めろと言っても、お前は強情だし、他の契約先も見つけてこないし、で……」

「すみません。ご心配をおかけしました」

「謝らなくてもいい！　結局はお前の判断が正解だったからな！　やっぱり若者は無茶するぐらいじゃないと！」

腕を組んでうんうんと部長は頷く。

小春は「ありがとうございます」と頭を下げながら、心の中で密かに眉を寄せた。

これはちょっとマズい。マズい気がする。部長はお酒が入りすぎている。

（今日、長くなっちゃいそうだなぁ……）

小春は笑顔を取り繕いながら、見えないように嘆息した。

早く帰りたいのに、このままでは二次会コースになってしまいそうだ。いつもなら問題なく付き合うのだが、今日は胸元が心許ないのだ。このままだと再びホックが大変なことになってしまうかもしれない。

そんな風に考えていると――

「桐崎は、やっぱりなんだかんだいって仕事ができるからなぁ！　みんな、桐崎を見習うんだぞ！」

部長はいつものように小春の背中をバシン、と叩いてくる。

瞬間、ブチ……、と布が破れるような鈍い音が小春の耳に届いた。

そして、本日二度目の解放感。

『ももちゃん』二度目の死である。

ももちゃんの死を感じ取った小春は、笑みを貼りつけたままなんてことない仕草で立ち上がった。

「私、ちょっとお手洗いへ……」

そして、そのままトイレに向かった。

小春はトイレの個室に本日二度目の籠城《ろうじょう》をすると、やっぱり本日二度目の確認をする。

そして「はあぁぁ……」と肩を落とした。

ブラジャーの後ろは大きな穴が空いていた。もう片方にはひん曲がった安全ピンがブラブラとくっついている。

「どうしよう。安全ピン一本しか持ってきてないのに……」

万事休す、である。というか、随分前から『万事休す』の状態ではあったので、どちらかといえば、『万策尽きた』と言うほうが正しいかもしれない。

「先輩、大丈夫ですか？」

その時、個室の外から声がした。美優である。少し寝て頭が冴《さ》えたのだろう、彼女の呂律《ろれつ》は先ほどよりもはっきりとしていた。

「先輩、どうしましたか？　気分でも悪くなりましたか？」

「あ、ううん！　そんなことないよ！　大丈夫だから先に戻ってて！」

「そんな声出して、戻れないですよ。心配です」

美優の善意に、小春の頬に汗が流れた。

彼女は小春の入っている個室の扉を叩く。

「お酒の飲みすぎです？　それとも食あたり？　もしあれでしたら、救急車呼びましょうか？」

「きゅ、救急車!?」

今救急車を呼ばれるわけにはいかない。というか、呼ばれてしまったら駆けつけた救急隊員になんと説明したらいいのだろうか。『ブラジャーが壊れたので救急車を呼びました』だろうか、そんなの言えるわけがないし、恥ずかしすぎて死んでしまう。

（こうなったら――！）

小春は肩にかかるだけになっていたブラジャーを脱ぎ去り、ノーブラの状態で上から服を着た。そして、そのまま個室の扉を開ける。

胸の谷間に冷たい風が一瞬通り、背筋が震えた。

気分はさながら痴女《ちじょ》である。

「大丈夫ですか？」

「うん。ちょっと、食べすぎちゃったみたいで……」

元気そうな小春の姿を見て、美優はほっと息をつく。

小春は上着の前を合わせたままちょっと前屈みになった。こうでもしないと胸の形が全部浮き出てしまいそうで怖かったのだ。それに前を合わせた上着の中に隠したブラジャーがバレてしまうのも怖かった。

席に戻ると、もうお開きといった感じの雰囲気になっていた。

小春はブラジャーを急いでカバンの中にしまい、みんなに合流する。

二次会もなく、その日はやっとお開きになった。

小春はフラフラと夜道を歩きながらほっと息をつく。

（やっと帰れる……）

下着をつけていない胸元はやっぱり心許ないが、帰るだけならいくらでも我慢ができるというものだ。未だ誰かに気づかれた気配はないし、まぁこの調子ならなんとかなるだろう。

小春は近道をするため店のあった通りを曲がり、路地に入る。大通りを一本入った小さい通りのせいか、その路地を通る人はほとんどいない。

(急がなくちゃ――――!)

そう小走りになった時だ。

「桐崎先輩!」

小春は背中のほうからした声に呼び止められた。振り返るとそこには一人の若い男性社員がいる。彼は確か、今月支店から本社に移ってきたばかりだ。

名前は、山根省吾《やまねしょうご》……だったと思う。

山根はお酒の入った赤い顔で小春のそばまで走ってくると、緊張した表情を彼女に向けた。

「桐崎先輩、もう帰られるんですか? 今日は本多さんと飲み直したりは?」

「あぁ、今日はちょっと美優ちゃんも飲みすぎちゃったみたいだから……」

どうしてそんなことを確認するのだろうと思いながら、小春は頬を掻く。

胸元が心許なくて、無意識に腕で胸元を隠してしまう。早く帰りたいのに、呼び止められた事実に小春は内心焦っていた。

「それなら、これから一緒にもう一軒行きませんか？」

「え？」

「前回も誘おうと思ったんですが、前は本多さんと一緒だったので。おれ、ちょっと飲み足りなくて……」

だから確認したのか、小春はそう納得した。

しかし、納得したからといって付き合ってあげるわけにはいかない。というか行けない。こんな状態では、もう家に帰るのがやっとである。

小春は慎重に言葉を選んだ。

「あ、あのね。私、ちょっと今日は早く帰りたくて……！」

「先輩、もしかして気分が悪いんですか？」

「あ、うん！　そうなの。だから――」

「それならぜひ、家まで送らせてください！」

「えっと……」

困った。

それが正直な感想だった。

小春としては、もう今日は誰とも一緒にいたくない、というのが本音である。

だがしかし、彼は同じ会社の人間。あまりキッパリと断るのも後々角が立ちそうだ。

しかも彼は、支店からこちらに来たばかりなのだ。まだ心を許せる人間も、話せる人間もきっと多くない。

（だから、一緒にいたがってくれてるんだろうけど……）

彼に同情してしまうこともなくはないのだが……今じゃない。それは今じゃないのだ。

少なくともノーブラの自分に他人を気遣える余裕などない。

むしろ、気遣ってもらいたいぐらいだ。

小春は早く帰りたい気持ちをぐっと抑えて、いつも通りに優しく、言葉を紡ぐ。

「あのね、その……。私の家、遠いから大丈夫だよ！」

「それなら俺の家で休みますか？　俺の家、この近くなんですよ！」

「えっと」

「あ、小春先輩。もしかして俺が変なことするって思ってます？　失礼ですねー！」

「そんなことは……」

（お、押しが強い！）

小春は頬を引きつらせながら山根から距離を取る。

こんなに話す子だとは意外だった。しかも、気がつけば『桐崎先輩』から『小春先輩』になっている。

会社ではおどおどというか、へこへこしていたし、あまり誰かと和気藹々《わきあいあい》と話しているイメージはない。

それともお酒の力が彼に今までにない積極性を与えているのだろうか。それはそれで面倒臭い。

「それなら行きましょ！」

「ちょ、ちょっと!?　え!?」

彼は小春の手首を取った。そのまま引きずるように歩き出す。

その強引な行動に、小春は「ちょ、ちょっと、離して！」と悲鳴のような声を上げるが、彼は全く意に介することなく「照れちゃって、小春先輩は可愛いなぁ」と陽気な声を出した。

「わ、私、帰るから！　さすがに家になんて行けないし！」

「遠慮しないで大丈夫ですよ！　うちに来るのに抵抗があるのなら、ゆっくり休憩できるところ知ってるんで、そこならどうですか？」

「いや、あの。私は家に帰りたくて……」

「それならやっぱり俺の家に――」

ゾワリと全身の毛が逆立つ。冷や汗が額《ひたい》に滲み、バクバクと心臓が大きく跳ねた。

（こ、怖い……）

全く話を聞いてくれない。

一瞬、全てを打ち明けて家に帰してもらおうかとも思ったが、理性がそれに待ったをかけた。

「ブラジャーが壊れて、今ノーブラなんです！」と言えば、さすがの彼だって、事の緊急性に気がついて小春を離してくれるに違いない。しかし、会社の人間に『ノーブラで飲み会を過ごした痴女《ちじょ》』と思われるのはリスクが高い。こんなこと同僚相手に考えたくはないのだが、万が一、彼が自分に下心を持っている人間だった場合、これ幸いと良からぬことをされてしまう可能性もある。

小春が言葉に詰まっている間にも、彼はどんどん彼女を引きずっていく。

「桐崎先輩って奥ゆかしいんですね。そんなに照れちゃって」

「そういうわけじゃなくって！　あの、とにかく離し――！」

「小春、待たせたね」

その時、凛《りん》とした声が背中からかけられた。よく通る優しげな、若い男性の声である。

小春が振り返ると、そこにはスーツを着た、見たことのない男性がいた。満月を背負っている彼の手足は長く、暗くてよく見えないが顔も整っているような気がする。

「貴方は――」

「ごめん。待ち合わせ場所になかなか来ないから迎えにきちゃった」

小春の言葉を遮《さえぎ》るようにして彼はそう言って笑う。そして、山根から奪うように彼女の肩を抱き寄せた。その瞬間、手首を掴んでいた山根の手が離れる。

突然の展開に目を白黒させる小春をよそに、肩を抱き寄せた男性は先ほどよりも強めの声を山根に向けた。

「すみませんが、会社の方ですか？」

「えっと……」

「小春がいつもお世話になっています」

「えっと、桐崎先輩……誰？」

「誰って……」

困惑したような声を出しながら男性を仰ぎ見る。すると、男性はこちらに向かって目配せしてきた。なにかの合図だとは思ったのだが咄嗟《とっさ》にその意味がわからず、小春は僅《わず》かに狼狽《うろた》える。すると、彼はそれがおかしかったのか息を吐き出すようにして笑った。

そして、彼はその微笑んだままの表情で、小春をさらに抱き寄せる。

瞬間、ふわりと香ったシトラス系の香水に、少し緊張がゆるんだ。

「俺と小春の関係は、この距離感で察していただければと……」

「距離感……」

山根は呆けながら二人を見比べる。

そして、ハッと目を大きく見開いた。

「そ、そっか！　そりゃ恋人ぐらいはいますよね！　それじゃ彼氏さん、あとはよろしくお願いします！　桐崎先輩、俺は帰りますね！」

「あ、うん……」

あまりにもあっさりと身を引いた山根は、その場から一目散に去っていく。

残された小春は一拍置いたあと、未だ肩を掴んだままの男性を見上げた。

「えっと、もしかして助けてくれたんです、かね？」

「そのつもりで声をかけたんだけど。もしかして、余計なお世話だったかな？」

「いいえ、そんなことは！」

小春は男性に向き合うと、深々と頭を下げる。

「本当にありがとうございました！」

「いえいえ、どういたしまして」

なんてことない様子で彼は感謝を受け止める。そして、先ほどと同じようなしょうがない子を見るような目を彼女に向けた。

「君、ガードが緩《ゆる》そうだからああいうのには気をつけてね」

「ああいうの？」

「ああいう強引に関係を迫ってくるような男、ってこと」

その瞬間、驚きと同時に「やっぱり」とも思った。

最初、山根が送ってくれると言った時は本当に気遣いだと思っていたのだが、突然『俺の家』『休憩できるところ』と話を変えてきたので、おかしいな……と思っていたのだ。

「やっぱりあれってそういう意味だったんですかね？」

「そういう意味だったと思うし、そういう意味だってわかってたからあんなに嫌がってたんじゃないの？」

「そういうわけじゃ……」

そこまで口にしたが、『ブラジャーをしていなかったので、あまり他の人と一緒にいたくなかった』とは言えなかった。

言葉に詰まった小春の反応をどう取ったのか、彼はふっと表情を崩した。

「上司に相談してみたら？　彼、同じ会社の後輩とかでしょう？」

「それは……。もうちょっとなにかあったら考えてみます。彼、こっちに来たばかりなんですよ。だから少し寂しかっただけなのかもしれないし。お酒を飲んでいたから気も大きくなっていたのかもしれないし……」

「君は優しいね」

「そうですかね？」

困ったような顔で笑うと、彼は小春の頭を優しく撫でた。

「ま、本当に気をつけて。次もこんなふうに助けてあげられるわけじゃないから」

そう言って微笑んだあと、「それじゃぁね」と彼は片手を上げて小春に背を向けた。

そして、そのまま歩き出す。

小春は少しずつ遠くなっていく彼の背中をじっと見つめた。

（このまま帰してもいいの？　もしかして、ちゃんとお礼したほうがいいんじゃない？

せめて名刺ぐらいは渡しておいたほうが……）

ここまで親切にしてもらったのに、なにも返せず終わるのはどうなのだろうか。

そう思い、小春は立ち去ろうとする彼に駆け寄った。

「ちょっと待ってください！」

「え？」

いきなり腕を引っ張ったからだろうか、彼の身体がふらりと後ろに傾いた。

突然自分のほうに倒れてきた男性の身体に、小春もたたらを踏む。

「きゃ――」

「危ない！」

振り返った男性がそう叫ぶ。小春は思わず目を瞑《つむ》った。

後頭部に添えられる何者かの手。それのおかげで少しだけ地面に落ちる速度が遅くなるが、彼女が後ろに倒れるのを完全に止めることはできなかった。

「──っ！」

背中に衝撃が走る。コンクリートの地面に身体を打ちつけたのだ。しかし、頭がコンクリートの地面に接することはなかった。後頭部に回っていた手が彼女の頭を守っていたからだ。

「いたたたた……」

小春は自分の頭に回っていた手に気がつくことなく身体を起こした。すると──

「ん──」

近くで男性のくぐもった声が聞こえる。まるで枕に顔を押しつけながら声を発した時のような声だ。その声がどのようにして発せられているのか、誰が発しているのか、それを疑問に思う前に、小春はその全てを目撃した。

──自分の胸元で。

「──っ!!」

思わず声にならない悲鳴を上げる。

自分の胸に顔を押しつけるような形で、男性がいた。彼は紛《まぎ》れもなく自分のことを救ってくれたあの男性で──

「ご、ごめんなさい！」

小春は飛び上がりながら彼から距離を取ったあと、その場で深々と頭を下げた。視線がこれでもかと泳ぐ。

（は、恥ずかしい！　恥ずかしすぎる‼）

『男の人が自分の胸元に顔を埋《うず》めていた。しかも、原因は自分』というだけでもすごく恥ずかしいのに、さらに小春は『ノーブラ』というオプション付きだ。『ノーブラの胸を男性に押しつける』なんて、完全に痴女《ちじょ》の所業である。

そのことを認識した瞬間、小春の身体は頭のてっぺんから足の小指の先に至るまで真っ赤になった。

「わ、私、その！　すみませんでした！」

「あ、おい！　ちょっと！」

気がついた時には、小春は走り出していた。その動力源は『羞恥《しゅうち》』である。

駆け出した小春の背中に男性がなにやら言っていた気もしたが、その言葉に答えるだけの余裕は、今の彼女には存在しなかった。

◆◇◆

占い師には『女難の相が出ている』と言われたことがある。

堂脇涼《どうわきりょう》の女運は最悪だ。

どう最悪なのか、具体的な例を挙げると。学生時代、バレンタインデーにもらったチョコレートには必ずと言っていいほど髪の毛か、切った爪か、体液が混入していた。好きだと言い寄ってきた女性が、実はメンヘラの勘違い女で『少し考えさせてほしい』と言っただけで付き合っている認定をされ、手も握っていないのに子供を妊娠したと周りに触れ回っていたこともある。『付き合ってくれないと死んじゃうから！』なんて脅しは日常茶飯事《さはんじ》で、無理やり連れ込まれた部屋が人も住めないようなとんでもない汚部屋だったというのは、社会人になってからの話だ。

涼の見た目がいいので、常に女性が言い寄ってくるのだが、その女性の誰もが一癖も二癖もある地雷《じらい》女ばかり。SM好きの超絶ドM女や、いつもブランド品で身を固めている借金女。悲劇のヒロインを常に演じて自分を美化する女などなど、あらゆる難あり女だ。

そんなことの積み重ねで、涼はすっかり女性と関わるのが嫌になっていた。仕事でも自分の周りは男性ばかりで固めていたし、少しでも女性と関わるような時は他の者に任せていたぐらいだ。

だから、あの声を聞いた時も、本当は全く助けるつもりなんてなかったのだが……

「ちょ、ちょっと、離して！」

そんな悲鳴じみた声が聞こえたのは、会社役員との食事を終え、駐車場まで少し歩こうとした時だった。狭い路地で揉み合う男女を痴話喧嘩《ちわげんか》かと思って放っておこうとも思ったのだが、女性のほうは明らかに嫌がっているように見えた。そのままにしておくのも寝覚めが悪く、数十秒悩んだ末にとうとう声をかけてしまった。

「小春、待たせたね」

そう声をかけると、女性はこちらを振り向きびっくりしたように目を大きくさせた。おそらくだが、名前を知っていたことに驚いたのだろう。彼女の名前は、目の前の男が先ほどから叫んでいたので知っていただけなのだが、どうやら彼女はそのことにも頭が回っていないようだった。

「貴方は——」

「ごめん。待ち合わせ場所になかなか来ないから迎えにきちゃった」

適当な嘘をつきながらそう微笑むと、彼女はますます困惑した表情を浮かべた。

そんな彼女を男から奪うように抱き寄せる。そして、少しだけ威嚇《いかく》するような声を出した。

「すみませんが、会社の方ですか？」

「えっと……」

「小春がいつもお世話になっています」

「えっと、桐崎先輩……誰？」

「誰って……」

誰なのだろう。

彼女の顔はそう語っているようだった。こちらを仰ぎ見るくりくりとした目が可愛らしかったけれど、なにもわかっていなさそうなその顔に少し困ってしまう。ここまできたら助けにきたということがわかると思っていたのに、彼女は少しもその可能性に思い至っていないようだった。

仕方がないのでアイコンタクトで「話を合わせて」と伝えてみたのだが、彼女はやっぱり首を傾げるばかりで、それがちょっとおかしくて笑ってしまった。

なんというか、可愛らしい子だな、と思ってしまったのだ。

くりくりとした大きな目に、彼女のまとう雰囲気と同じようなふわふわの髪の毛。身長は低く、小柄で。だけどその下には……

（大きいな……）

予想以上に大きな果実が成っていた。二つも。

思わず視線がそちらに行って、ハッとした直後、涼は慌てて視線を逸らした。

女性の胸をジロジロ見るなんて、そんなのセクハラだろう。

それから嘘八百《うそはっぴゃく》を並べて彼女に絡んでいた男性を追い返した。追い返すのは実に簡単で、関係性を匂わせれば男は怖気《おじけ》づいたように踵《きびす》を返した。元々そんなに気が強い人間でもないのだろう。おそらく酒の力で常日頃いいなと思っている女の先輩に声をかけたとか、そういう経緯なのかもしれない。

「えっと、もしかして助けてくれたんです、かね？」

ようやくその事実に思い至った彼女に笑みがもれた。

「そのつもりで声をかけたんだけど。もしかして、余計なお世話だったかな？」

そう返すと「いいえ、そんなことは！」と、彼女は大げさに首を振ったあと、深々と頭を下げてくる。

「本当にありがとうございました！」

「いえいえ、どういたしまして」

本当はそれだけ言って帰ろうと思ったのだが、彼女のこちらを見上げる目が小動物というか、幼子《おさなご》のようで、さらにこう忠告してしまう。

「君、ガードが緩《ゆる》そうだからああいうのには気をつけてね」

「ああいうの？」

「ああいう強引に関係を迫ってくるような男、ってこと」

そこで彼女の目が大きく見開かれた。あの男性が下心を持っているという可能性によようやく気づいたという感じだ。

どこまでも危なっかしいその反応に、眉をひそめる。そしてしまいには「やっぱりあれってそういう意味だったんですかね？」と確認されて、ちょっと放っておけなくなってしまった。

「上司に相談してみたら？　彼、同じ会社の後輩とかでしょう？」

だから、こうアドバイスしてみたのに……

「それは……。もうちょっとなにかあったら考えてみます。彼、こっちに来たばかりなんですよ。だから少し寂しかっただけなのかもしれないし。お酒を飲んでいたから気も大きくなっていたのかもしれないし……」

彼女のそんな答えにどう反応すればいいのかわからなくなって、「君は優しいね」と思ったままのことを言えば「そうですかね？」と彼女は困ったような顔で微笑んだ。

その笑みになぜか胸がじわりと温かくなる。

「ま、本当に気をつけて。次もこんなふうに助けてあげられるわけじゃないから」

自分の手が彼女の頭を撫でていると気がついたのは、その言葉を発した直後だった。そして同時に、これはまずい……とも思ってしまう。彼女のことを放っておけなくなっている自分に気がついたからだ。このままでは彼女に『家まで送ろうか？』などと声をかけてしまうかもしれないし、そこからうっかり惚れられて関わりを持ってしまうかもしれない。今は純真無垢で、可愛らしい女性のように見えているが、本性にどんな難を持っているかもわかったものじゃない。目の前の女性が信じられないとか、そういう話ではない。自分はそういう女性を引き寄せてしまう性質を持っているのだ。

（変に踏み入ってしまう前にここを離れないと……）

涼は人のいい笑みを顔に貼りつけると、彼女の頭から手を離した。そして「それじゃぁね」と片手を上げて彼女に背を向ける。

後ろ髪を引かれる気持ちはあったけれど、それはわざと見ないふりをした。彼女の容姿は可愛いなとも思うし、おっとりとしたあの反応も自分好みだ。涼が変に怯《おび》えてしまっているだけで、もしかしたら彼女に地雷《じらい》などないのかもしれない。

しかし、だからといって、悪漢《あっかん》から助けたお礼に連絡先を聞こうとは到底思えないし、そんなことをすれば彼女が怯《おび》えてしまうだろうということも想像にたやすい。

それに、自分はもう恋人など作る気がないのだ。結婚は親からせっつかれているし、親の気持ちもわかるのでいつかはするかもしれない。けれどそれは明日明後日の話ではないし、それが彼女に声をかける理由にはならない。

（しかし……）

バレないように視線だけで後ろを振り返ると、先ほどの女性がオロオロと困惑したように視線をさまよわせていた。もしかしたら一人で帰るのが恐ろしいのかもしれない。

そう思ったらますます彼女から遠ざかるための歩幅が小さくなる。

女性とは関わり合いになりたくない。

これは涼の本心だ。しかし――

（彼女を放っておけない……）

これも彼の本心に違いなかった。

もう本当にどうしたらいいのかわからない。

（とりあえず、タクシーに乗せるか。名前は……聞く必要はない、よな）

これっきり。彼女と関わるのはこれっきり。

そう決意をして振り返ろうとした時だった。

「ちょっと待ってください！」

「え？」

振り返った瞬間、駆け寄ってきた彼女にいきなり腕を引かれた。重心がすでに偏っていたからだろうか、涼の身体はあっさりと彼女のほうに傾いてしまう。それは彼女にとっても予想外だったようで、彼女の身体も同時に後ろに傾いた。

「きゃ――」

「危ない！」

このままいけば後頭部が地面に打ちつけられてしまう。

そこまで理解するのが早いか遅いか、涼の手は彼女の後頭部に回った。しかし、漫画やアニメや小説のようにきれいに抱きとめるというわけにはいかず、そのまま二人はもつれ合うような形で、倒れてしまった。

(目の前が真っ黒だ)

それが転げた直後の涼の感想だった。

彼女の頭を支えて地面に打ちつけられた手の甲はジンジンと痛かったが、それ以外、特に顔は柔らかいクッションに包まれるような形で事なきを得ていた。

しかし、こんなクッション、どこにあったのだろう。彼女のカバンがふわふわのモコモコだったという記憶はないし。これはふわふわのモコモコというよりは、もっちりふわふわといったほうが正しい気がする。それになんだか温かいし、いい香りがする。

「ん――」

(しかし、なんか苦し――)

口元がちょうど塞がれていたため、涼は耐えきれず「ぷはぁ」と顔を上げた。すると、真っ正面に大きな宝石が見えた。それが彼女の瞳だと気づいた時には、自分がしでかした過ちを理解し、青ざめた。

初対面の女性の胸に(事故とはいえ)顔を埋《うず》めていた。

事実だけを並べたらこうだ。とんだ変態野郎である。しかも、彼女の後頭部を支えていないほうの手は、しっかりと彼女の胸を掴んでいる。

むに。

（やばい……）

揉んだわけではない。立ち上がろうとした瞬間に手に力が入ってしまっただけで、断じて揉もうと思って揉んだわけではない。

「ご、ごめんなさい！」

彼女は真っ赤になり飛び上がった。そんなに速く動けたのかと驚くほどの速さで、彼女は涼から距離を取る。

「いや、あの、これは……」

涼の口からはそんな言い訳にもならない言葉がこぼれたが、彼女には届いていないようだった。

彼女は視線を泳がせたあと、なぜか涼に向かってしっかりと頭を下げた。

「わ、私、その！　すみませんでした！」

「あ、おい！　ちょっと！」

彼女のカバンからなにかが転がり落ちたのに気がついて慌てて声をかけたが、それも彼女には届かないようだった。

「どうして君が謝るんだ……」

地面に座り込んだまま、涼はそんな感想をもらす。

走り去った彼女の背中は、もう見えなかった。

涼は立ち上がるとスラックスについた砂を払う。

「しかし、いい子だったな」

それに可愛い子だった。一般的にどうかはわからないが、少なくとも彼女のおっとりとした表情は、涼の心を動かすものであったし、少し話しただけでもわかるあの真面目な性格には好感が持てた。

（それに、やっぱり放っておけないしな……）

あんな男性を引き寄せそうな身体をしているのに、危機感が薄いのはちょっとどうなのだろうか。あまりにも無防備でちょっと守ってやりたくなる。庇護欲《ひごよく》というものがどういうものか今までわからなかったが、今回のことで少しわかったような気がする。

（というか、胸は今関係ないだろう。胸は——！）

大きいほうがいいか小さいほうがいいかと聞かれれば、それはもう大きいほうだが。大きければいいというものではないし、そもそも胸なんてものは誰についているのかが一番大切なわけで。しかしながら男性の性《さが》としてああいうものに惹かれてしまう自分がいるのもまた事実で……

「あぁもう！」

混乱し始めた頭に、涼は天を仰いだ。全く思春期の子供じゃあるまいし、胸一つでこうも狼狽《うろた》えるなんてどうかしている。

それに、彼女とはもう会うこともないだろう。一期一会《いちごいちえ》。人との出会いは基本的にそういうものだ。

「はぁ……」

無意識に気落ちしたため息がもれた。

やっぱり、内心は少し惜しいと思っているらしい。

しかも彼女は、今まで出会ってきたどの地雷《じらい》女とも違う気がしたのだ。なんというか、まともそうというか。少し話しただけでなにがわかるんだと言われればそうだが、今まで付き合いがあったどの女性よりも普通な感じがした。

(まぁ、こうしていても仕方がないか)

そう思いながら立ち去ろうとした時、涼は「そうだ」と顔をわずかに上げた。彼女は先ほど走り去る時になにかを落としていったのだ。なにを落としていったかわからないが、もしかしたら彼女にとってなにか大切なものかもしれないし、そうじゃなくても警察には届けておいたほうがいいだろう。

そう思いつつ、涼は彼女の落としていったものに近づいた。暗がりに見えるそれは、なんだか布の塊に見える。

「ハンカチにしては大きいし、タオルか？」

しかし、タオルにしてはなんというかヒラヒラしている。わかりやすい表現をすれば、まるで女性の下着のよう……とでも言えばいいのだろうか。

「え？」

というか、それは女性の下着だった。ブラジャーだ。

涼はそれを片手に固まった。なんというか、なにも悪いことなどしていないのに、すごく犯罪者めいた気持ちになってくる。

手に持っているものを今すぐ隠したいのに、隠してしまったら、まるで自分がそれを持って帰ろうとしているように見られてしまう気がして動けない。放り投げるのも論外だ。『女性の下着を投げる男』というのもなかなかに変態だ。

「えっと、ちょっと待てよ。これを彼女が落としたということは……」

涼は冷静に言葉を紡ぎながら、下着を掴んでいないほうの手で前髪を後ろに撫でつける。

「彼女はあの時、下着をつけていなかったというわけで」

ふわりと香った甘い匂いに柔らかい感触。指の隙間から溢れ出るほどの大きさに、心地のいい体温。

そのどれもが一瞬にして蘇り、涼の体温は上がる。しかし、すぐに冷静な思考回路に戻ると彼は首を振った。

今はそんなことなど重要じゃない。確かに彼女の肉体は魅力的だったが、そうじゃない。

「というか、今度は痴女《ちじょ》か……」

良い子そうだと思っていたのに、というか好みの女性だと思っていたのに、痴女《ちじょ》なんてトリプルSの地雷《じらい》を抱えた女性だったとは、なんだかもう本当についていない。

涼はそう言いながら自分の女運のなさを呪うのだった。

◆◇◆

知らない男性に己の痴女《ちじょ》っぷりを披露してしまった一時間後。小春は、なんとか自宅にたどり着いた。都心から少し離れた郊外のマンションで、間取りは３ＬＤＫ。交通の便もそこそこ良いその場所は、小春の実家だった。

「お父さん、お母さん。ただいまー」

和室に置いてある仏壇《ぶつだん》、その前に置いてある位牌《いはい》と写真に、小春はそう声をかけた。

そのまま仏壇《ぶつだん》の前に置いてある座布団に座り、手早くろうそくに火をつけ線香をあげる。

そうして手を合わせた。

「聞いてー。今日は本当に最悪だったのー！　ももちゃんもなくしちゃってさ」

こうやって亡くなった両親に、その日あった出来事の報告をするのが、彼女の日課だった。

小春の両親が亡くなったのは彼女が高校生の時だった。原因は居眠り運転をしていたトラック。赤信号で止まっていたところに、後ろから追突されたらしい。小春と弟はそれぞれバイトと部活に出ており、父の運転する車に乗っていなかったので難を逃れた。

両親を失ったと知った時、最初に胸に込み上げてきたのは悲しみだったが、悲しみつくした後に出てきたのは、言い表せないほどの不安だった。一つ下の弟はまだ中学生だったのだ。心のケアももちろんそうだが、学費や生活費、これからの住まいのこと、考えなくてはならないことは山ほどあった。

そんな彼女たちを救ってくれたのは、母の兄――伯父だった。

子供のいなかった伯父夫婦は小春たちを引き取り、自分の子供として大切に育ててくれた。本当の親のように生活費だって、学費だって、全て出してくれたし、悪いことをすれば叱ってくれて、良い成績を収めれば褒めてくれた。そのおかげで両親が死んだあと、抜け殻のようになっていた弟は時間がかかったがちゃんと立ち直ったし、小春も弟も大学までちゃんと卒業させてもらえた。しかも、今は仕事までお世話になっているのだ。

実は、小春の勤めているエトランゼ珈琲《コーヒー》は、伯父の会社なのだ。つまり、世間一般的には社長令嬢なのである。しかし、小春は伯父の跡を継ごうとか経営陣に加わろうとは考えていなかった。弟は伯父の下で経営のことなどを学んでいるが、自分は経営や事業などは向いていないことがわかっていたからだ。しかし、伯父の仕事には興味があったため、小春は伯父の姓である『星川《ほしかわ》』は使わずに、元の『桐崎』で伯父の会社に入り、生活をしている。

　そういうわけで、小春は伯父に感謝してもしきれない恩があるのだ。

「それでね、ブラジャーが……って、あれ？」

　今日のことを一通り吐き出したあと、小春はスマホに伯父からのメッセージが来ていることに気がついた。

　先週会った時に『来週あたり、一緒にご飯を食べに行こう』と言ってくれていたから、その話かもしれない。

　小春はそんなふうに思いながらメッセージを確認した。

「へ？」

　思わず呆けた声が出たのには、理由があった。

『小春、お見合いをする気はないかな？』

　今まで結婚など一度もせっついたことのない伯父が、そんなメッセージを送ってきたのだった。

◆◇◆

その週末——

「姉さん、嫌なら断ってもいいんだからね」

「そういうわけにもいかないでしょう？」

突然、実家に戻ってきた弟——悠介《ゆうすけ》にそう言われ、小春は困ったように眉を寄せた。

鏡に映る小春は、ワンピースにカーディガンといった、いつもよりかしこまった格好だった。髪の毛だって念入りにブローしてツヤツヤだし、毛先はコテで巻いている。化粧もいつもより色合いがはっきりしていて、全体的に華やかな印象だ。

そう、今日はお見合いの日だった。

一時間後には予約していたタクシーが小春を迎えにくる予定だ。

鏡を前に身支度を整える姉を引き留めるように、悠介は声を張る。

「いや、だって！　お見合いって結婚相手を探す時にするものなんだよ？」

「それぐらい知ってるわよ」

「それならこれは知ってる？　今の日本で認められてる結婚相手って異性だけなんだよ？　つまり姉さんの結婚相手は男ってこと」

「……馬鹿にしてるの？」

口をへの字に曲げながら声を低くすれば、悠介は肩をすくめる。

「馬鹿にしてるんじゃなくて、大丈夫かって心配してるだけ。姉さん、昔からあんまり男性得意じゃないでしょ？」

「それはまぁ、そうだけど……」

鏡越しに悠介を見ながら、小春は小さく頷いた。

小春は豊満すぎる胸のせいで、男性にあまりいい思い出がないのだ。だからこれまで男性とまともに付き合ったこともなければ、恋人だっていた試しがない。男性に身体を触られた最初の記憶が、胸が大きくなり始めた小学生の頃、上級生に後ろから胸を掴まれたものなのだから、思い出としては最悪だ。

悠介や伯父は家族だからそういう嫌悪はないが、結局学生時代に男友達はできなかったし、会社の人には慣れるまで一年以上の時間を要した。愛想はいいほうだし、慣れれば仕事上のことは普通に話せるのであまり不便なことはないが、それでもやっぱり男性は好きじゃない。男性不信と言ってもいいぐらいだ。なので、プライベートで男性に関わりたいと思ったことはないし、恋人だっていらない。結婚なんて一生するつもりはなかったのだが……

「でも、伯父さんには恩があるでしょう？」

「だからって、知らない人と結婚するのは違うと思うんだけど」

「別に結婚するって話じゃないわよ。お見合いするだけ。お見合いだけすれば向こうの顔も立つって話だから、そのあとは断るつもりよ」

「本当に？」

「なんか、今回はやけに反対するのね」

今回のお見合い相手は、他でもない伯父からの紹介だ。相手は伯父が会社を作った時に資金を援助してくれた会社の社長子息で、伯父自身も面識のある人物らしい。伯父が言うには『どうして今まで浮いた話が出てこないのか不思議なほどいい男』で、『彼になら小春を任せられると思う』ということだ。相手側の父親であるその会社社長と伯父の仲もとても良好で、結婚した場合、親族間トラブルなどが起こらないのもこの結婚の利点らしい。

まぁ、だからこそ、『お互い、いい歳の息子と娘がいるんだから、見合いでもさせたらどうだろうか！』という話になったわけだが……

「今回の相手は、ちょっとやめといたほうがいいと思うんだよね」

「やめといたほうがいい？」

「相手の男、あんまりいい噂がないんだよ」

深刻な顔でそう言いながら、悠介は小春に身を乗り出してきた。

「姉さんがお見合いをするって聞いたから色々調べてみたんだけど、相手の男、ちょっとワケアリみたいでさ。なんていうか、その、女性が好きじゃないみたいなんだよね」

「へ。女性が好きじゃない？」

「だからその、つまり、恋愛対象が男性みたいで……」

その発言に、小春は悠介を振り返り、目を丸くした。そんな姉の反応を目に留めながら、悠介はさらに声を低くする。

「その男、今は会社の副社長をしているんだけど、どうやら自分の秘書と関係があるらしくて。今まで浮いた話がなかったのは、その男と恋仲だからって話みたいで……」

「じゃぁ、どうして見合いなんか……」

「それはわからなかったけど、カモフラージュなんじゃないかなって俺は考えてる」

「カモフラージュ？」

「そう。男の人と付き合っているのを隠すためにね。別に俺はなんとも思わないけど、恋愛対象が同性っていうのは気にする人は気にするだろうからさ。特にああいう大きな会社って、頭の固いご老人とも付き合っていかなきゃだろ？　そういう人を納得させるために、とりあえず表向きは女性と結婚しとくってのはあり得る話だと思うよ？」

「そんなことって――」

あり得るのだろうか。

そう一瞬考えたが、結婚相手の他に愛人を持つ会社社長というのは聞いたことがある話だし、恋人と身分が釣り合わないからと結婚を反対されて、表向きはお金持ちのお嬢様と結婚し、その恋人と本当の愛を育む話というのもどこかで読んだことのある話だ。

小春にはよくわからないがある程度の富裕層になると、結婚相手と本当に愛する人は別なのかもしれない。

黙ってしまった小春に、悠介はさらに声を大きくする。

「だから俺は反対！　絶対に嫌！　結婚したって姉さんが幸せにならないのは目に見えてるからね！」

「でも逆を言うと、その人って私の胸にも興味がないってことでしょう？　それならかえって気が楽かも……」

「姉さん！」

嗜《たしな》めるように悠介が声を張る。しかし、小春はそれを苦笑一つでかわしつつ、スカートについていた埃《ほこり》を払った。

「それにほら、伯父さんの持ってきた話だからそこまでひどいものじゃないとも思うのよね」

「それは確かに、今まで来ていた他の縁談よりは全然いいほうだと思うけど……」

「え？」

悠介の言葉に、小春は驚いた声を出した。なぜなら、自分に縁談が来ていたということを、小春は今初めて知ったのだ。伯父からこんなふうに見合いを勧められたのだって今回が初めてだし、結婚をせっつかれたこともなかったのだ。育ての父親として「付き合っている人はいるのかな？」ぐらいは聞かれたことはあるが、本当にそれぐらいだ。

小春の反応に、悠介は口元を押さえながら「あー……」と声をもらした。そして、しばらく考えたのちに「伯父さんには黙っててほしいって言われてたんだけどさ……」と彼は語り出した。

「実は姉さんのところに見合いの話が来るのは初めてじゃないんだよね」

「そうなの？」

「うん。うちの会社、伯父さんが始めた頃より大きくなっててさ。業界でもちょっと有名になってきたらしくて。それでほら、縁作りにって義理の娘である姉さんにもそういう声がかかってるみたいで……」

それはつまり、政略結婚というやつなのだろうか。なんというかそういうものがあるというのは知っていたけれど、自分には縁遠い話だと思っていたので、正直、寝耳に水といった感じだ。

「と言っても、そのほとんどが役立たずの次男みたいな人を回してくるやつらばっかりなんだけどね。実力はないけど種馬には使えるだろう……みたいな？」

「種馬……」

「俺たちが養子ってこともあるんだろうけど、要するに舐められた縁談が多くて、その度に伯父さんが断ってくれてたんだよね」

「そんなことが……」

そんな話、初めて聞いた。

小春は驚きで目を大きく見開く。

「なんか、伯父さんにも悠介にも迷惑かけてたのね」

「迷惑なんて！　ただ、伯父さんも姉さんには幸せになってもらいたいんだよ」

そこまで言うと、悠介は「とにかく！」と口にした。

「俺は反対ってことだから！　姉さんの性格的にお見合いをドタキャンとかは無理な話だろうけど、ちゃんとそのあとは断りなよ！」

「はいはい」

そのぞんざいな答えに、諦めたのか、納得したのか、悠介は口を尖らせながら帰っていった。

小春は支度を整えてマンションの下に到着したタクシーに乗り込む。指定された料亭の名をいうと、すぐさま車は走り出した。

流れていく窓の景色を眺めながら、小春は先ほど聞いた悠介の話を思い出していた。

『その男、今は会社の副社長をしているんだけど、どうやら自分の秘書と関係があるらしくて。今まで浮いた話がなかったのは、その男と恋仲だからって話みたいで……』

『じゃぁ、どうして見合いなんか……』

『それはわからなかったけど、カモフラージュなんじゃないかなって俺は考えてる』

「カモフラージュ、か……」

幸いなのかなんなのか、小春もあまり異性が得意ではない。もし、本当に向こうの恋愛対象が女性でないのなら、これほど楽な相手もいないだろう。

伯父にも小春の縁談で手間をかけさせているみたいだし、これ以上手を煩《わずら》わせるぐらいなら、もういっそのこと結婚したほうが誰にも迷惑をかけないのではないのだろうか。

小春はそんなふうに思ってしまう。

（もしかしたらいい出会いになるのかもしれないわね……）

お互いの利害が一致するのならば、結婚してもいいのかもしれない。お互いのプライベートが守られるのならば、誰かと一緒に暮らすのもきっと悪くはないだろう。

（どんな人なのかしら……）

小春は目を閉じながらこれから会う人のことを考える。

内輪の見合いだからと、釣り書きのようなものはなかった。正式な見合いというよりは、顔合わせといった話だったのだ。なので相手のプロフィールもふんわりとしか知らないし、年齢も三十二歳としか聞いていない。

（そういえばあの人も三十代前半くらいだったな）

思い浮かべたのはあの酔っ払いの後輩から自分を助けてくれた彼だった。名前は最後まで知ることができなかったが、あのふわりと香ったコロンとこちらを見下ろす優しそうな瞳は今でもしっかりと思い出すことができる。

「そういえば、あの人はあんまり怖くなかったかも……」

最初に名前を呼ばれた時はさすがにびっくりしたが、それだけだった。むしろ彼に肩を抱かれている間は、なんだか守ってもらえているという安心感があったし、手が離れるまで終始、心地よさのようなものまで抱いていた。

（あんな感じの人だといいな……）

小春はまだ見ぬ見合い相手を少し楽しみにしながら、窓に頭を預けるのだった。


「うぅ、やっぱり緊張する！」

見合いの場として用意された料亭の一室で、小春はそう言って胃を押さえた。やっぱりどんな経緯だろうが、知らない男性と会うのは胃が痛い。しかも、いつのまにか二人っきりで会うことになっていたのだ。元々向こうの親は来ない予定だったのが、ついてくるはずだった伯父も急遽《きゅうきょ》会社の予定が入り、来られなくなってしまったのである。しかも、それを小春が知ったのはここに着いてから。部屋も取ってあるし、料理も頼んである この状況で、まさか逃げるわけにもいかず、小春は腹を括《くく》るしかなかったのだ。

「はぁ……」

先ほどまでのちょっとウキウキとした気分はもうどこかに消し飛んでしまっている。ここから逃げ出せるものならば今すぐそうしたいし、相手の男性になにか用事が入ってお見合い自体が中止にならないかな……とさえ思ってしまう。

しかし、そんな小春の願いもむなしく、襖《ふすま》が開いて仲居が顔を覗かせた。

「お相手様がいらっしゃいました」

その言葉に小春の背筋が伸びた。そして、同時に視線は下を向く。

膝の上においた握った拳だけが見える状況で、小春はじっとその男性が目の前に座るのを待った。ややあって男性が一人入ってくる。そして、彼女の前にゆっくりと座った。

小春は観念したように顔を上げる。そして驚きの声を出した。

「あなたは――」

「君は――」

小春の声に重なるようにして、目の前の男性も声を上げる。きっと小春も同じような顔をしているのだろう、彼の両目は見開かれ今にもこぼれ落ちそうだ。

そこにいたのはつい先日小春を助けてくれたあの男性だった。一瞬、見間違いだと思い自分の記憶を探ってみたが、どこからどう見てもやっぱりあの時の彼だ。間違いない。顔の造形も、雰囲気も、声だって記憶の中の彼そのものだ。

小春は最後の確認とばかりに恐る恐る声を出した。

「えっと。貴方が、堂脇涼さん、ですか？」

「はい。それじゃ、貴女が桐崎小春さん？」

「……はい」

その瞬間、時間が止まった。

小春は全身を赤く染め上げたあと「せ、先日はどうもありがとうございました！」と、勢いよく机に頭を打ちつけるのだった。


（な、なにを話せばいいの……）

再会して十分、二人は一言も喋っていなかった。

お互いに喋りあぐねているというか、話題を探っている感じで、空気も態度もぎこちない。

先にしびれを切らしたのは涼だった。

「そういえば、あのあと大丈夫だった？」

あのあと、というのは山根から助けてもらったあとの話だろう。小春が走り去ってしまった、あのあとの話である。

涼の言葉に、小春は「はい！」と顔を跳ね上げた。

「あれから山根君、私にちゃんと謝りにきてくれたんです。なんか、ちょっと飲みすぎちゃったって言ってました。これから飲み方を考えるとも言ってくれて……」

「そうなんだ。……それならよかった」

「はい。大事になってしまう前でよかったです！　山根君、こっちに転勤してきたばかりだから、他の人にあんなことしてたら騒ぎになっていただろうし……」

そう言った小春に涼は少しだけ驚いたような顔つきになった。

「俺はその山根君とやらの心配をしたのではなくて、君のことを心配したんだけど……」

「あ、そうなんですね！　私も大丈夫でした！　ありがとうございます」

そう慌ててお礼を言うと、涼は片眉を上げた。

「前会った時も思ったけど、そういうのは昔から？」

「そういうの？」

「小春ちゃんは、割と周りのことを優先させすぎるきらいがあるよね？」

「へ？」

小春が素《す》っ頓狂《とんきょう》な声を出したのは、彼の質問がわからなかったからでも、彼の言葉が意外だったからでもない。いきなり下の名前で呼ばれてちょっとドキッとしてしまったのだ。

いきなり固まった小春に、涼は「小春ちゃん？」と顔を覗き込んでくる。

間近に迫った彼の顔に、ちょっとだけ頬が熱くなった。

「あぁ、えっと！　なんでしたっけ？」

「だから、小春ちゃんって、自分のことより相手のことを優先させすぎるよねって」

「あ、あぁ……！」

そんなふうに頷きながらも、自覚は今まであまりなかった。確かに友人には『小春は人に優しいよね』と褒められたり『あんまり自分をないがしろにしちゃダメだよ？』と叱られたりすることもあるが、そこまで気にしていなかったのだ。

小春が「そう、ですかね？」と首を傾げると、涼は少し困ったように笑う。

「だって、今日も嫌々来たんでしょう？　星川社長の顔を立てるためにさ」

「え？」

「だって、最初からあんまり乗り気じゃなさそうだし」

その指摘に、言葉が詰まった。これ以上ない図星である。隠す気があったのかと聞かれたらあまり自信はないが、本人にバレているのは想定外だった。

小春は慌てて言い繕う。

「えっと、これは堂脇さんが嫌とか、そういうわけではなくてですね！　私、あの、その。男性があまり得意じゃないんです！　男性と一緒にいてあんまりいい思い出がないというか、からかわれたりすることも多かったですし……」

そう言って、からかわれる原因になっている双丘を見下ろした。今日もたわわに実っている。

「そうなんだ。それじゃ、あの時もちょっと怖い思いをさせたかな？　勝手に肩を抱き寄せたりしたし……」

「そんな！　あの時は全然！　むしろ、いい匂いするなとか、手が大きいなとか、安心するなとか、そんなことを思ってた……ぐらい……で……」

自分がとんでもなく恥ずかしいことを言っていることに気がついて、小春は頬を染め上げた。その様子に、涼は「それならよかった」と笑ってくれる。

なんとなくそのやりとりが心地よかった。涼が自分を気遣ってくれているのもわかるし、自分も確かに緊張しているのだが、気持ちが落ち着くというか、一緒にいて安心するのだ。

そんなふうに思っていると、涼が口を開く。

「それに、実は俺も女性のことがあまり得意じゃないんだ」

「え？」

「俺も同じで、女性にあまりいい思い出がないんだよね。もちろん仕事で関わることもあるし、付き合いで話さなきゃいけない時もあるけど。でもそれもできるだけ他の人に任せているし、まぁ、必要最低限だよね」

「そう、なんですね」

小春はちょっと嬉しそうな声を出してしまう。なぜなら悠介が言っていたことが本当だとわかったからだ。あれは単なる弟の戯言《ざれごと》だと思っていたので、小春にとってこの事実は思いもよらない朗報だった。

(なんかちょっとホッとしちゃったかも……)

見合い相手が女性に興味がなくてホッとすると言うのもおかしな話かもしれないが、小春にとっては安心できることなのだ。

しかし、ホッとしたのも束の間——

「あの、初対面で言うのもなんなんだけどさ」

「はい」

「今からうちに来ない？」

「え？」

まさか自宅に誘われると思っていなかった小春は、そう呆けたような声を出してしまった。

（どうして断れないかなぁ、私も……）

それから一時間後、小春は涼の車の助手席に乗っていた。ゴテゴテのスーパーカーではないが、誰でも知っている高級車のエンブレムをつけたその車は、小春と涼を乗せて軽やかに街の中を走る。小春は少し開けた窓から吹き込む風を浴びながら、息をついた。

正直、最初は断ろうと思った。いくら相手が女性に興味がないとはいっても、ほとんど初対面の相手の家に行くほど、小春は考えなしではなかったし、無鉄砲でもなかった。

しかし――

『ちょっと、渡したいものがあるんだ。こういうところに持ってこれるものでもないから、できれば来てほしいんだけど……』と意味深に言われ、さらに――

『もし不安なら、マンションの前で待っていても平気だからさ』と言われ、頷いてしまったのだ。

涼には助けてもらった恩があるし、彼が変なことをするはずがないという気持ちがどこかにあったのも確かだ。それに、こんなに真剣な顔で言ってくるのだ。もしかしたら伯父に渡す予定だった会社同士の重大な書類という可能性もある。

そんなことを考えているうちに、小春は涼のマンションに連れてこられたのだが……

「これ、なんだけど……」

そう言って玄関先で渡されたものに小春は悲鳴を上げそうになった。

小さな紙袋に入っていたのはレースのついたピンク色の布の塊。小さなどんぶりが二つくっついたようなその形は、ある程度の年齢を経た女性ならばみんな見覚えのあるものだ。

「こ、これ――」

それは、小春の下着だった。ブラジャーだった。ももちゃんだった。

紙袋の中を覗き見るとやっぱりバック部分に安全ピンがついている。これは間違いない。あの彼に助けてもらった日になくした小春のものだ。

小春は真っ赤になりながら、その紙袋を抱きかかえた。本当にもう顔から火が出そうとはこのことだった。

「あのあと、道の真ん中に落ちてるのを拾って、どうしようかと思ったんだけど……。そのままにもしておけないし、警察に届けるわけにもいかないしで、持って帰ってきちゃったんだよね」

それもそうだ。警察に届けてしまったら、下着泥棒とかそれらの犯罪者の類に疑われてしまうだろう。正直に『女性を助けたらブラジャーを落としました』なんて言ってもますます怪しまれてしまうだけだ。

渡された小春も恥ずかしいが、渡した涼も恥ずかしいのだろう。彼の頰は少し赤い。

「な、なんか、すみません」

「洗濯とか、したほうがいいかとも思ったんだけど、その、許可なくべたべた触るのもどうかと思って。いや、持って帰る時はさすがに触ったんだけど、それ以外では触ってないから安心して」

「だ、大丈夫です！　そんなことは疑ってませんから！」

真っ赤になりながら小春は首をブンブンと振る。『もしかしたら変なことをされるかも……』と一瞬でも考えてしまった自分をぶん殴ってやりたい気持ちだ。

涼は少し躊躇《ためら》いがちに口を開いた。

「その。ちょっと聞きたいんだけど、あれは君の趣味？」

「え？」

「君はその、下着をつけずに街を歩いたりとかして快感を得るタイプの人間だったりするのかな？」

「そ、そんなわけないじゃないですか！」

思わず大きな声が出た。はっとして口を覆うが、時すでに遅し。涼は驚いた顔で固まってしまっていた。小春は先ほどよりも声の大きさを落とし、それでも必死に言い募《つの》る。

「ち、違います！　あれは、その！　事故で！」

「事故？」

「ブ、ブラジャーが弾《はじ》けちゃって、その！　パーンって！」

「パーン?」

要領を得ないといった顔の涼に小春は、彼と出会った日のことを話した。突然ブラジャーのホックが弾《はじ》けてしまったこと。安全ピンで補強していたのに、急遽《きゅうきょ》断れない飲み会に誘われたこと。そして、その飲み会の場でブラジャーがもう一度壊れ、それで仕方なくブラジャーなしで家に帰ろうとしていたこと。

そこまで話すと、彼は途端に同情的な顔になった。

「なんか、女性って大変なんだね」

「いえ、女性全員がこんな感じではないと思うんですが。そうですね、はい……」

小春は恥ずかしさで俯いた。

なんで出会って間もない人に、こんなことを打ち明けなくてはならないんだろうか。涼にはもうずっと恥ずかしいところばかり見られている気がする。

というか――

「そういう質問をしてくるってことは、もしかして、私のこと痴女《ちじょ》……だと思いましたか?」

思わず胸元を隠しながらそう言えば、彼はわずかに視線を逸らした。

「まぁ、最初は?」

「ひ、ひどい!」

「でも、そのブラジャー、壊れてたからさ。そうじゃないのかなとは思ってたよ。さっき聞いたのは一応の確認。でもまさか人前で弾《はじ》けたとは思ってなかったけどね……」

涼はそう言いながら苦笑する。小春もしばらくはむくれていたが、彼の穏やかな雰囲気に促されるように、笑みをこぼした。

小春はももちゃんの亡骸《なきがら》が入っている紙袋をぎゅっと抱きしめた。

「でも、よかったです。堂脇さんが拾ってくれて……」

「そう？」

「正直怖かったですもん。変な人に拾われてたらどうしよう、とか。ゴミとして捨てられてても嫌だな、とか。本当に色々考えちゃって……」

「まぁ、女性の下着でそういうことをする人って、いるらしいからね」

「そういうこと？」

「いや、その。……一人でって話」

涼の言っている言葉の意味がわかり、小春の全身に鳥肌がたった。

小春の言っていた『変な人に拾われるのが嫌だ』というのは、見られたり、匂いを嗅がれたりするのが気持ち悪いという意味で、まさかそんなことをされるとは夢にも思わなかったのだ。

あり得たかもしれない思わぬ未来に、小春は少しクラクラしてしまう。

「……そういう人ってやっぱりいるんですか？」

「いや、俺の身の回りにはいないけど。ほら、下着泥棒ってやっぱりそういうことをする人なんじゃない？」

「ひっ！」

想像してまた冷や汗が滑った。その反応を見て、涼はまた首を傾げる。

「もしかして、そこまでは全く予想してなかった感じ？」

「…………はい」

「小春ちゃんって、やっぱりちょっと危なっかしいよね」

「そうですかね？」

小春が小首を傾げると、涼の耳は少しだけ赤く染まり彼女の手をとった。

「あのさ、小春ちゃん」

「はい？」

「小春ちゃんがあまりこのお見合いに乗り気じゃなかったのはわかってるつもりなんだけど、もしよかったらさ」

涼はそこで言葉を切る。

そうして深呼吸した後、小春の手をさらにぎゅっと握りしめた。

「俺と結婚を前提に付き合ってくれないかな？」

その言葉に、小春は口をぽかんと開けたまま動かなくなってしまった。

第二章

（えっと、どうしてこんな展開になったのかしら……）

そんなお見合いから二週間後の日曜日。小春の目の前には積み上げられたダンボールがあった。壁に沿うように置かれているそれらには、『小春・夏服』『小春・小物』『小春・食器類』というようにマジックで中に入っているものが書かれている。

そう、これはどこからどう見ても引っ越しの段ボールだ。そして引っ越しをしているのは他の誰でもなく小春自身である。

振り返った先には、だだっ広いマンションの一室。その奥で、同じように作業している男性がいた。作業といっても、家具などはもう備え付けのものや新しく買ったものが揃っているので、持ってきた服や小物などを自分の部屋に収める作業だけなのだが……

小春が見ていたことに気がついたのだろう。奥で作業をしていた男性が顔を上げて、こちらを向いた。そして、優しく微笑んでくる。

「小春ちゃん、どうしたの？　疲れちゃった？」

「あぁ、いえ！　大丈夫です」

「ちょっと休憩しようか。俺も少し休みたかったし」

そう言って彼は、すぐさまキッチンへ行き、手早くコーヒーを淹れてくれた。そして「引っ越してきたばかりだから、インスタントだけど」とマグカップを渡してくれる。

小春はそれを「ありがとうございます」と受け取り、彼が口をつけるのを見守ったあと、自分も同じように口をつけた。

そこには、堂脇涼がいた。

小春はなぜか涼と同棲を始めたのである。

ことの始まりは、二週間前。お見合いをした日に遡《さかのぼ》る。

『俺と結婚を前提に付き合ってくれないかな？』

小春にとってその言葉は予想外以外の何ものでもなかった。だって最初から、顔合わせのあとに断るつもりでいたのだ。というか相手側から断られると思っていた。事故とはいえ、初対面で顔面に胸を押しつけてきた女とそんな関係になりたい男なんてなかなかいない。しかも小春は帰りにブラジャーを落としてしまっているのだ。これがガラスの靴なら物語が始まっただろうが、ロマンのかけらもないブラジャーだ。

これで破談にならないほうがおかしいというものだ。

いきなりの展開に頭がついていかない小春に、涼は少しだけ悲しそうに眉を寄せた。

『えっと。小春ちゃんは俺と付き合うのは嫌？』

『嫌というか……』

考えてなかっただけです。とはさすがに言えなかった。何度も言うが、小春は彼とお見合いをしているのである。

考えが追いついていない小春の状態を、迷っていると思ったのだろう。彼は握っていた小春の手をさらにぎゅっと握りしめる。

『もし嫌じゃないのなら、頷いてほしい。結婚前提とは言ったけど、結婚はお互いがいいと思ったタイミングですればいいし。もし付き合うのが嫌になったら言ってくれれば大丈夫だから……』

『どうかな？』と覗き込まれて、小春は視線をさまよわせた。

そして、しばらく考えたのちに小さな声を出す。

『そうですね。それなら……』

正直、断る理由が何一つ思いつかなかった。

伯父にこれ以上迷惑をかけないためには結婚したほうがいいんじゃないか、と考えている状態で、『もし結婚するならこんな人がいいな……』の理想が目の前にいて、その人が自分に『結婚前提に付き合ってみてほしい』と言っている。しかも彼は『結婚は二人のタイミングが合った時に』『もし嫌になったら言ってくれれば大丈夫』とまで譲歩してくれているのだ。

これに頷かないという選択肢はなかなかない。

でも、まさかこれがきっかけで同棲することになるなんて夢にも思わなかった。

『それじゃ、業者のほうには俺から連絡しておくから』

最後に彼が言い放ったその言葉で気がつけばよかったのだが、『業者』が『引っ越し業者』だとは誰も思わないだろう。

（お金持ちの人って、みんなこうなのかなぁ）

小春とは違って涼は古くからのお金持ちだ。つまり、『良いところのお坊ちゃん』である。

『まぁ、ああいうところの家の人はマスコミに狙われたりすることが常だからね。軽々に外で会うってのもハードルが高いし、結婚前提ならそういう選択をするのもわからない話じゃないよ。特に涼さんは忙しいから定期的に会う時間を捻出するのも大変だしね』

伯父はいきなり決まった二人の同棲に驚きながらもそう説明してくれた。そして、『そもそも恋愛結婚とか珍しい家だし、結婚相手だと思っている相手とは一緒に住むっていうのが彼らの普通なんじゃないのかな』とも。

ちなみに、小春が出ていった実家は、弟の悠介が住むことになった。どうやら向こうも恋人との同棲を始めようとしていたらしく『姉さんが出ていくなら』と入れ替わることになったのだ。悠介はこの同棲に関しては反対で『いつでも戻ってきて良いからね！』

と言ってくれているが、彼女もいるのだしそういうわけにもいかないだろう。

小春は隣に座ってコーヒーを飲む涼をそっと覗き見た。

最初に会った時とは違い、白いシャツとジーンズという動きやすくてラフな格好だが、これでも様になるのだから、かっこいい人というのはすごい。量販店で買ったような白シャツとジーンズなのに、まるで高級ブランドの新作といった感じに見える。まぁ、もしかしたら、本当に高級ブランドの新作なのかもしれないが……

（カモフラージュ、かぁ……）

女性が苦手なのに、女性である小春と結婚したがる理由なんて、それ以外考えられない。つまり、悠介が言っていたことが合っていたのだ。

「そんなに早く結婚相手を見繕いたかったのかな……」

「どうかした？」

「あ、なんでもないです！」

もれ出てしまった声に反応されて、小春はぶんぶんと首を振った。

（私が涼さんの好みを知ってるって言わないほうがいいわよね……）

小春としては涼が男性を好きでも女性を好きでもどちらでも構わない。しかし自分が明かしていないパーソナルな部分を他人が知っていたら、涼だって嫌な気持ちになるだろう。

（でもそっか。そう考えると、涼さんにとって私って、優良物件なのかも……）

養女とはいえ一応社長令嬢で、家との釣り合いも取れていて、そのくせ結婚願望があまりなく、男性が苦手だから自分に靡《なび》いてくることもおそらくない。

男女の関係を築かなくてもいい適切な距離を取れるパートナーとして、涼にとって小春は都合がいい相手なのだろう。

それに小春だって、伯父にこれ以上迷惑をかけるぐらいなら結婚しちゃうのも良いかな……と思っていたところだ。弟の悠介はあまりそういうことはないが、小春は伯父に必要以上に遠慮を感じてしまうことが多々あるのだ。

まぁつまり、利害の一致である。

（でもま、涼さん以外だったら断っていたかもしれないけどね……）

割と流されやすい性格だとは自覚しているが、さすがに結婚のことまで流されるほど迂闊《うかつ》なわけでもない。

きっと見合いの場に現れていたのが別の人物だったら、小春はその場で断りを入れていただろう。もしくは保留にしていたか……

「――ちゃん。こは――ん。小春ちゃん！」

「え！」

気がついたら涼がこちらを覗き込んでいた。大きな黒い瞳に自分の顔が映り、小春は身体をびくつかせた。どうやら何度も呼ばれていたようで、涼は小春がようやく反応を返したことにちょっとホッとしているようだった。

「やっとこっち向いてくれた。大丈夫？　もしかして、疲れてる？」

「大丈夫です！　ちょっと考え事をしていただけで……」

「考え事？　もしかして、なにか不安なことでもある？」

「大丈夫です！　同棲のこととかじゃないので！」

心配させてはいけないと、小春はそう声を大きくさせる。

「それじゃ、これからのことは予定通りで大丈夫かな？」

（え。予定？）

予定なんて全くなにも聞いていない。でもこの話し方からするに、一度小春に相談して組んだ予定なのだろう。それなのに「聞いていませんでした。もう一度予定を教えてもらってもいいですか？」と聞くのは、ちょっと申し訳ない。

（きっとそんな変な用事じゃないわよね）

小春はそう思い、頷いた。

「はい。大丈夫です」

「そっか。よかった。今日を逃すと、今後なかなか行けないかもしれないからね」

「え。行く？」

「デート」

そう言って涼は、小春に向かってピースサインをした。

「いきなりデートって言うから、本当にデートなのかと思っちゃいましたよ。買い出しならそう言ってくれれば良いじゃないですか！」

小春がそう頬を膨らませたのは、その日の午後のことだった。

お昼ご飯を食べ終わった小春と涼は二人で街を歩いている。涼が持っている袋の中には、先ほど雑貨屋で買った可愛らしいカトラリーセットが入っていた。

二人は同棲に必要なものを買い出しにきていたのだ。二人とも一人暮らしの期間が長く、一人で暮らすためのものはある程度揃っているのだが、同棲となるとそれなりに必要なものも出てくるので買いにきたのだ。

少し怒っている様子の小春の隣で、涼は機嫌のいい声を出す。

「でも、男女が二人で出かけてるんだからデートはデートでしょ？」

「それはそうかもしれないですけど……」

「それにさっき話した時、小春ちゃん上の空だったでしょう？　だからちょっと意地悪したくなって」

「意地悪って……」

「びっくりした？」

　確かにびっくりはした。

　まさか涼からデートに誘われるなんて思っていなかったし、ちょっとドキッとしてしまったのも確かだ。

　まるでいたずらが成功した子供のように、涼は嬉しそうな顔で肩を揺らす。その様子を見ていると、驚かされたことなどどうでもよくなってくる。

「それにほら、こうやって一緒に出かけるとお互いのことを知れるじゃない？　これから一緒に暮らしていくんだしさ。もうちょっと歩み寄れたらって思って」

「それは、確かにそうですね」

「でしょう？」

　そして、また良い笑顔で、彼は笑う。

（涼さんって良い人だよなぁ）

　終始、機嫌がよさそうな涼を見ながら小春はそう思った。

　彼と一緒にいて嫌な気分になることなどほとんどない。もちろん、こんなふうに驚かされると瞬間的にむっとしてしまうこともあるが、それも反射的なもので、基本的に最後には笑顔になってしまう。

　買い物の時も『重くない？』と率先して荷物を持ってくれようとするし、小春が疲れていないか常に気遣ってくれる。話しかけると基本的には笑顔で応対してくれるし、紳士的だし、なにより笑顔が素敵だ。

それに――

（胸をじろじろ見ることもないし……）

小春は昔からそういう視線にはとても敏感だ。

電車やバス、学生時代は小春がその空間に入ると、まずは誰もが胸を見る。そして、そのまま目線を上に移し顔を見るのだ。これは男性だから女性だからとかは関係なく、小春に出会った人はみんなそうなってしまう。今だって隣を通り過ぎる人の三分の一ぐらいからそんな視線を感じている。

しかし、隣を歩く涼からはそんな視線を感じないのだ。むしろ、見ないようにしている節さえある。

彼は女性が苦手だと言っていたし、そういう女性の象徴みたいなものも苦手なのかもしれない。少なくとも興味がないのだろう。

（なんだかこういう関係ってちょっと安心するな。……デートも、楽しいし）

男性のことは苦手だけれど、恋愛自体に夢がなかったわけじゃない。少女漫画を読みながら『私の前にもいつかこんな人が現れるのかなぁ』と思った幼少期は確かにあったし、中学生や高校生の頃は、普通に好きな人もいたりした。

だからこういうデートが嫌なわけではないのだ。むしろ憧れがあるぐらいである。

「どうかした？」

小春の視線に気がついたのだろう、涼はこちらを見下ろしながら小首を傾げる。

「えっと、涼さんって優しいなぁって、思いまして」

「そう？」

「あと、さっきはちょっと文句を言っちゃいましたが、こういうの楽しいです。ありがとうございます」

「こういうの？」

「あの、その。……デート、です」

そう素直な気持ちを吐露《とろ》すれば、彼は一瞬驚いたように固まって、そのあと、嬉しそうに表情を崩した。

「喜んでもらえたのなら嬉しいな。でも、そんなに喜んでもらえるのなら、もうちょっとちゃんと企画したほうがよかったね。一緒に外に出て、食事して、買い物して帰るだけなんてさ。ちょっと味気なかったんじゃない？」

「そ、そんなことないです！　と言っても、私自身、あんまりデートというものがどういうものかわかってないんですけど。でも、私は楽しいです」

「『デートがどういうものかわかってない』って。……もしかして、デートは初めて？」

「……はい」

この歳になって男性と二人っきりで出かけたことがないというのはやっぱりちょっと恥ずかしかったけれど、それでも隠す理由もなく、小春は小さく頷いた。

するると、涼は驚いた顔つきになる。

「今まで彼氏とかいなかったの？」

「あの、全くいなかったわけじゃないんですが……」

「ですが？」

「その、みんな割と身体目当てでして……」

こんなことを言うと、大層な身体を持っているように聞こえるが、大したものなのは胸だけだ。彼女に言い寄ってきた人間が全てそれ目当てだったというオチなのだから、結局なんの自慢にもならない。

「まともに付き合う前に、その、そういう行為を求められたというか。なので、怖くてすぐ別れちゃうって感じで……」

小春は恥ずかしさで俯きながら、さらにこう続ける。

「だから、涼さんが私の胸に興味がなくてとても嬉しいし、安心します！　ありがとうございます！」

小春としては最大限褒めているつもりだったのだが、涼はその言葉に少し固まって

「そっか……」と曖昧に言葉を返すのだった。

それから二人は色々な店を見て回った。とはいっても、ベッドなどの寝具はお互いの部屋から持ってきたものがあり、家具なども備え付きのものがあったのでほとんど見る必要がなかった。だから二人でゆったりと座れるようなソファーや部屋の雰囲気を左右するラグなどを見に行き、冷蔵庫や電子レンジ、炊飯器といった家電製品も一人用のものでは小さいので新調した。涼は今まであまり料理をしてこなかったらしく、調理器具をほとんど持っていなかった。小春も実家に置いてきたので、そこはもうほとんど一から買い直した。

デートの最後に買ったのは、店員に勧められたお揃いのマグカップだった。

そして家に帰る頃には、もう陽も落ちてしまっていた。

「はあ、疲れましたね」

「そうだね。疲れたね」

二人はなだれ込むようにマンションの部屋に入ると、そう言ってお互いに微笑み合った。

「あ。そういえば、考えてなかったですけど夕ご飯どうしましょうか？　こんなことなら、買って帰ってくればよかったですねー」

「大丈夫。帰る前にデリバリーを頼んでおいたから、多分すぐに届くと思うよ」

「本当ですか？　わぁ、ありがとうございますー！」

この状態からまた買い出しに行って夕飯を作る……と思い込んでいたので、その気遣いは素直に嬉しかったし、本当にありがたかった。涼は「本当は食べて帰ろうって誘おうと思ったんだけど、小春ちゃん疲れていたみたいだったからさ。今日は家でゆっくりしたいかと思って」とまるで小春の心を読んだかのようなことを言ってくれる。

そして最後に、彼は袋の中から手のひら大の瓶を取り出した。

「それでさ、これも買ったんだけど、一緒に飲まない？」

「え……ワイン？」

「そう、入居祝いとしてさ。もちろん苦手なら良いんだけど、もしよかったら付き合ってくれると嬉しいな」

彼はそう言ったあと「あぁ、でも酔わせて変なことをしようとか、そういうことは考えてないから安心して！」と慌ててフォローを入れる。

そんな気遣いを見せる涼に、小春は笑顔で首を振った。

「大丈夫ですよ。涼さんはそんなことしないってわかってますから！」

「……そう？」

「はい。それに涼さん、女性のこと好きじゃないって話だったじゃないですか」

それなら、私にもそういうことしたいとは思わないでしょう？

そういう意味で言ったのだが、なぜだか自分の発言に胸が少しざわめいた。その事実に安心する自分も確かにいるのに、ちょっと気落ちしている自分もいて、なんだかわけがわからなくなってくる。

涼も小春の発言になにか言いたそうだったが、「それはまぁ、そうだね」と結局全てを飲み込んだ。そして、続けざまにこう口にする。

「……というか、そもそも酔うような量じゃないか」

手のひら大の瓶の容量は多く見積もっても三百ミリリットルほど。ワイングラスがあったか覚えていないが、普通のグラスに注いで一杯分ずつになるくらいだ。

涼は手に持っていたコンビニの袋を掲げる。

「とりあえず、料理が来るまで先に飲んじゃう？　実は一緒にチーズとかも買ってきたんだけど」

「わ。先にいただきます！　本当になにからなにまでありがとうございます！」

「いいえ、どういたしまして」

小春が嬉しそうな声を上げたからか、涼も嬉しそうな顔でそう返した。

◆◇◆

『女性のことが苦手だ』

そのことを彼女に告げた理由は、それがまさしく自分の本心だったからというのもあるが、それ以上に『これを言ったら彼女が、男性である自分のことを怖がらないかもしれない』という思いがあったからだ。

小春が男性のことが苦手な理由に、彼女自身の胸のことがあるようだったから、そういう下心を持っていないよ、というアピールとして、先ほどの言葉を使ったのである。

彼女が安心して自分と過ごせるように。怖い思いをしないでいいように。無駄に警戒をしなくてもいいように。

だから、誤解しないでほしい。

「えへへ、りょうさぁん」

「……大丈夫？」

決してこんなことを期待して、『女性が苦手』と言ったわけではないのである。

（これはまずいことになった）

涼は意味もなく笑い続ける小春を前にそう思った。

ダイニングテーブルはまだ届いていないので、備え付けのキッチンカウンターに二人はいた。目の前にはワインとおつまみ。それと途中で届いた封も開けていない食事がある。

背の高いスツールに座った状態で、小春はフラフラと身体を左右に揺らしていた。ちなみに彼女のグラスにワインはまだ半分以上も残っていて、それが彼女のお酒に対する耐性を表しているようだった。

「ちょっともうお開きにしようか？　小春ちゃんもこんな状態だし……」

「いやですー！　まだ飲むのー!!」

「そんな子供みたいな……」

「子供みたいな私は、嫌いですか？」

上目遣いでそう言われ、涼はぐっと言葉を飲み込んだ。そんなの、好きか嫌いかで聞かれたら嫌いじゃないに決まってる。というか、好きだ。可愛いと思うし、撫で回したくもなる。望んで良いのなら、抱きしめたいとさえ思ってしまう。しかし、今の涼には、撫で回す権利も、抱きしめる勇気もありはしない。

なのに、そんな彼の気持ちを知らない小春は、頬を膨らませながら「わかってますよー。嫌いなんですよねー」と拗ねたような声を出した。

「いや、あのね……」

「大丈夫です。涼さんの気持ちはちゃぁんとわかってますから！　安心してください」

全くわかっていない様子で彼女はそう言う。

確かに、涼は女性のことがあまり好きではない。というか、過去の色々があってから今日まで、だいぶ避けてきた。それは疑いようのない事実である。しかし、涼の恋愛対象は女性で、昔のことで躊躇《ちゅうちょ》してしまうことはあるが、当然女性に惹かれることはある。

つまり、小春のことをバリバリに恋愛対象として見ている。

最初に出会った時にはもうすでに好感を持っていたし、逃げていった彼女の背中を見て名前を聞かなかったことを後悔したりもした。再会した時の内心は、正直、狂喜乱舞したし、彼女におそらく地雷《じらい》がないだろうとわかった時は、頭の中に教会の鐘が鳴り響いていた。

これは運命だ。

そんなふうに思う人のことを内心馬鹿にしていたこともあったが、その時の涼の気持ちは、まさしく『運命かもしれない』だった。

だから、『涼さんの気持ち』ということなら『好き』が正解だし、『子供のような小春に対する気持ち』は『撫で回したい』もしくは『抱きしめたい』である。

「なんか、久々に飲むお酒って、やっぱり美味しいですよね」

不正解の彼女はまたワインを呷《あお》った。しかし、そんなへべれけになっている状態でワインがまともに口に入っていくわけもなく……

「あ、こぼしちゃった」

「あー……」

口に入り損ねたワインが小春のワンピースにぽたた……とこぼれた。胸のまあるい曲線に沿ってワインは流れ、そして染み込む。

(もうこれはダメだな……)

正直まともな状態ではない。彼女が気持ちよく飲んでいるのならば、このまま飲ませてあげようと思っていたが、ここまで泥酔している状態は、やっぱりあまりよろしくない。

涼は小春の持っていたワインを取り上げて、彼女を立たせた。そして、「ちょっと待っててね。ささっと机の上を片づけちゃうから」と彼女に背を向ける。

涼は二人分の食器を手早く片づけながら、これまでの展開をちょっと後悔した。

こんなにお酒に弱いとは知らなかった。知っていたら決して飲ませるなんてことはしなかったのに。

小春の呂律《ろれつ》の回っていない甘えたような声は耳から脳を刺激するし、火照《ほて》った肌や潤んだ瞳も目に毒だ。

(なんというか、エロいんだよな)

顔はどちらかといえば童顔で、身長もあまり高くない。別に子供に見えるわけではないが、実年齢よりちょっと幼く見えるのは事実だろう。それなのに胸だけは一人前以上の大きさで、そのアンバランスさがどうしても目を引いてしまうのだ。

『涼さんが私の胸に興味がなくてとても嬉しいし、安心します！　ありがとうございます！』

（あんなこと言われたっていうのに、情けない）

涼は胸に興味がないんじゃない。見ていないんじゃない。見ないようにしているのだ。できるだけ、必死に。

つまり、努力の結果である。

だけどそんな努力をしていると知られたら「やっぱり胸が目当てなんですか？」とドン引きされてしまうだろうし、嫌われてしまうだろう。

（今彼女は俺のことを見極めている最中なんだろうから、変なことはしないようにしないと）

彼女にとってこの結婚のメリットは『伯父を安心させたい』『これ以上伯父に迷惑をかけたくない』といった感じだろう。

彼女の伯父である星川博《ひろし》とは父づてに昔から交流があり、小春のことも前々から聞かされていた。博が言うには『小春はしっかりしているが、しっかりしているが故に遠慮しがちな子』『未だに自分たちにも「育ててもらって申し訳ない」と思っている節がある』と言っていた。『常に我々の迷惑にならないように振る舞おうとするのが寂しい』とも言っていて、それだけで出会う前から良い子なんだな……とふんわりと思っていた。

だからきっと彼女はこの縁談を断りづらいのだろうと思う。本当に気の進まない縁談を嫌々受ける子ではないだろうが、迷惑をかけている伯父が持ってきた縁談なのだからと、一旦立ち止まって考えるぐらいはしそうである。

涼はそこに付け入るしかない。

女性があまり好きではない涼は小春にとって良い物件に違いない。だから今のまま良好な関係を作って、それができた頃に告白をして交際を申し込む。

だからいま、安易に手を出して彼女の信頼を裏切ってしまうわけにいかないのだ。ものすごく不本意ではあるが、自分は今、小春にとってこの世界で一番胸にも彼女自身にも興味がなくて安全な男になるしかないのである。

涼はそんなふうに考えながら、手元の皿をまとめる。そうしてキッチンまで持っていこうとした瞬間、振り返った先で見たものに息を呑んだ。

「ちょ、ちょっと、なにやってるの!?」

「え?」

あどけない表情で首を傾げる彼女は——下着姿だった。着ているものはブラジャーとショーツ。大きな胸を支えているブラジャーはどこからどう見ても必死そうで、『あぁ、これは弾《はじ》けるな……』と一瞬にして理解してしまった。彼女の手には先ほどまで着ていたワンピースが握られている。

狼狽える涼を見ながら、彼女は恥ずかしがることなくへらりと気の抜けた笑みを見せた。

「えっと。ふくをぬいでるんです。早くあらわないとシミになっちゃうから……」

言っていることはわかる。わかるけれど、行動が突飛すぎてちょっとついていけない。

赤くなった頬を咳払い一つで収めて、涼は彼女の持っているワンピースを受け取った。

ポーカーフェイスが得意でよかったと、この時以上に思ったことはない。

「これは俺が洗っておくから、小春ちゃんは服を着て」

「え？　そんなわるいですよ。わたしのふくなのに」

「悪くないよ。ほら、風邪ひいちゃうといけないからさ」

貴女の身体には全く興味はありませんよ。女性の下着姿にも全く動揺しません。

涼はそんな笑顔の仮面を貼りつける。

「そうですか？　わかりました。それじゃあよろしくお願いします」

「はい。お願いされました」

そんなやりとりを交わしたあと、涼はワンピースを持ったまま洗面台に向かう。洗面台に水をためてワンピースをつけると、服についたワインがじわりと水に滲んだ。この感じだとシミにならずに素直に落ちてくれるだろう。

「それにしても、さっきのは……」

平然を装っていたが、心臓はこれ以上ないほど変な音を立てていた。

想像よりもきめ細やかで白い肌。お酒で体温が上がっているのだろう、それがほんのりと汗ばみながら色づいていて、なんというか、たまらなかった。

胸もそうだが彼女の下半身の丸みも露わになっていて、一瞬だけだが、情事を想起してしまった。

（まぁ、あんなの見せられたら、こうなるよな……）

涼は自分の下半身に一度だけ目をやった。完全に勃《た》っているわけではないが、確実にいつもよりは大きく熱くなっている。

生理現象とはいえ、自分の身体が反応してしまった事実になんだかすごく申し訳ない気持ちになってくる。

（だけど――）

あんなに無防備な彼女も悪いんじゃないだろうか。いくら警戒心を持たないようにこちらが仕向けたといっても、あれはオープンにしすぎだ、色々と。

今の今まで本当によく無事でいられたものだと思ってしまう。

（同棲初日でこれは、ちょっと先が思いやられるな……）

小春が自分に気を許してくれるまで、彼女の前で雄にはならないと決めているのに、このままでは早々に禁を破ってしまいそうである。

ワンピースの下洗いを終え、涼はリビングに戻っていた。そこには、服を着た小春が――いなかった。

正確には、小春はいた。やっぱり服を着ていない状態で、彼女は壁により掛かったまま、寝息を立てていた。

「ちょっと小春ちゃん⁉」

「えー？」

おっとりとした声でそう反応しながら、彼女は目を薄く開けた。

もうこれはだめだ。完全にお酒に飲まれている。

「ちょっと待っててね。服を探してくるから……」

そう言って涼は、彼女に割り振った部屋の扉を開けようとして固まった。

部屋に入るまではまだいいだろう。しかし部屋に入ったあと、勝手にクローゼットを開けるのはどうなんだろうか。彼女の服はそこにしかないのはわかっているのだが、緊急時とはいえ勝手にクローゼットを開ける男は、彼女の目にどう映るのだろう。

たっぷり数十秒その場に固まった涼は、踵《きびす》を返して向かい側にある自分の部屋に入った。そして、自分の予備のパジャマを取って戻る。

「まぁ、この辺りが無難だよな」

パジャマはまだ買ったばかりの未使用品だし、彼女だってこれで不快な思いはしないだろう。明日、起きた時に驚くかもしれないが、下着姿で寝て風邪をひくよりマシだろうし、これぐらいなら事情を説明すれば大した問題にもならないはずだ。そう思って彼女にパジャマを着せたのだが――

「これは……」

ぱっつんぱっつんだった。

どこがどんな感じでぱっつんぱっつんだったかは言わないが、本当にもうぱっつんぱっつんだった。

特に上から三番目のボタンが、今にも弾《はじ》け飛びそうである。

(これはさすがに……。いやでも、他の服だって同じだろうし)

涼は今にも弾《はじ》けてしまいそうな胸の部分を見ないように、小春を立たせ、部屋まで連れて行った。彼女はなんの抵抗もなくベッドに腰掛けると、涼の服の袖を掴んだ。

「なんか、なにからなにまですみません」

お酒が抜けて少し正気に戻ったのだろうか、彼女はそう言いながら視線を落とした。

涼はそんな彼女の前に膝をつく。

「俺のほうこそごめんね。そんなにお酒に弱いなんて知らなかったからさ」

「いえ、伝えてなかった私が悪いので……」

「普段は家でしか飲まないの？　最初に会った時、飲み会の帰りだったみたいだけど、飲んではなかったよね？」

「あ、はい。初めてお酒を飲んだ日に伯父さんと弟に『外では飲むな』って言われて。それから……。あと、一度襲われかけたこともあって。それ以来、お酒は飲めないってことにしてるんです」

「襲われた？」

「はい、会社の上司に。あんまり得意じゃないんですって言ってたんですけど、割と無理矢理飲まされて。悠介――弟がたまたま近くにいて助けてくれたのでなんとかなったんですが、その時のことがちょっとトラウマで……」

「私ったらなに言ってるんですかね」と彼女は苦笑を浮かべる。

「その上司は？」

「辞めました。私のことで少し問題になった時に、他にも被害者っぽい子がゾロゾロ出てきて……」

「それは辛かったね」

胸に込み上げてきた怒りをぐっと飲み込んで小春の額《ひたい》を撫でる。すると、彼女は甘えるようにその手に額《ひたい》を擦りつけてきた。きっとまだお酒が抜けていないのだろうと思うが、その可愛らしい仕草に理性がぐらつく。

「でも、涼さんはそんなことしないってわかっているから、安心して飲めて、とっても楽しいです」

「信用してくれるのは嬉しいし、君の無防備な姿を見られるのは嬉しいけど。俺だって男だよ？」

そう釘を刺す。怖がらせたいわけではないが、異性としての距離は保ってほしい。こんなことが続くようなら本当に理性が持たないと思ったのだ。

そんな彼の釘を彼女は全く意に介さない。

「でも、涼さんはそんなことしないです。絶対に！」

「なんの根拠もなくそういうことは言わないほうがいいよ。……君を怖がらせたいわけじゃないんだけど――」

「それに、涼さんとなら、きっと私、嫌じゃないです」

きっと、その言葉の前には『絶対にあり得ないだろうけど』がつくのだろうけど、『あり得てしまう』のだ。涼はぐっと言葉を詰まらせた。そして、しばらく考えたのちに、「本当に？」と言葉の真意を探り始めてしまう。

「はい。だって、涼さんすごく優しくしてくれそうじゃないですか。乱暴に押し倒して爪を立てたりしなさそう。噛んだりもしないだろうし」

「もしかして、そういうことをされたの？」

小春はハッとした顔のあと、曖昧に笑う。その表情がその時あった出来事の全てを語っているようで、また胃がムカムカした。

怒りが頭を沸騰させる。表情では冷静を装っているのに、憤怒《ふんぬ》が理性をぐちゃぐちゃに握りつぶしていく。

「もしかして、押し倒してきた人のことが好きだったりした？」

「そんなこと！　……でも、良い人だなって思ってました。少なくともそんなことする人だとは思ってなくて。だから、裏切られたショックもあったし。その、無理矢理されたのも、怖くて……」

「どの辺を噛まれたの？」

「え？　あの……。この辺、ですかね？」

彼女が触れたのはその豊満な胸だった。予想通りで、そこに噛みつきたい気持ちはわからなくもないけれど、実際に噛みついた男がいると知って、あぁ、もうダメだと思った。

「この辺？」

「え？」

僅《わず》かに触れた涼の指先に、小春が驚きの声を上げた。しかし、いくらでもはね除けられる弱い力だったからか、彼女は少し固まっただけで抵抗はしなかった。それどころか丁寧に「え？　あの、もうちょっと下のほうだった気がします」と先ほどの質問に答えてくれる。

涼はボタンに指をかけた。最初に外したのは、今にも弾《はじ》け飛びそうな三番目だ。ぱちん、と音がして、菱形に胸元が開かれる。

「あの……」

「嫌だったら抵抗して。ちゃんと途中で止まってあげるから」

その言葉は強がりだった。彼女を怖がらせないようにするための、涼なりの強がり。本当は、止まれる自信なんてない。むしろ止まれないかもしれないという気持ちのほうが強いし、止まりたくないとも思っている。

だけど、彼女が抵抗したらそれ以上はなにもしないという気持ちも嘘じゃなくて、今この時ならば、まだ歯止めが効くと思っていたのも事実だった。

「あの、えっと……」

「俺とだったら、嫌な気持ちにならないんでしょう？」

「す、するんですか？」

「どうだろう。小春ちゃんが抵抗しなかったらそうなるのかな？」

菱形に開いた服から覗く胸の谷間にキスを落とす。すると彼女は「んっ」と声を上げて、身体を固くした。涼は彼女のことを見上げながら上二つのボタンをゆっくりと外す。

一個……二個。

彼女は自分で「嫌な気持ちにならない」と言ってしまったせいか、それとも、本当に嫌じゃないのかボタンが外されても抵抗をしなかった。

涼は小春をじっと覗き込む。

「いいの？」

「わ、わからないです」

「わからない？」

「ドキドキは、してます」

自分がこれからどうなるのかは理解しているのだろう。小春の顔は酔っていた時よりも赤い。吐く息だって浅くなっているし、身体もこわばっている。しかし、やっぱり彼女が抵抗を見せる気配はなかった。

涼は小春の肩を押す。するとベッドの縁に座っていた彼女の身体は、あっさりとマットレスの中に沈み込んだ。彼女のふわふわの髪の毛がシーツの上に広がって、柔らかい石鹸の香りがふわりと香る。

涼はその香りに引き寄せられるように小春の身体に覆いかぶさると、彼女の指に自分のそれを絡めた。一瞬「いい？」と確認を求めそうになったが、冷静で性格の悪いもう一人の自分が心の中で『このまま進めろ』と耳打ちしてきて、その声に従うように手のひらを上着の中に滑り込ませた。

「んっ」

彼女の白い肌はまるで吸いついてくるようだった。それに――

「柔らかい」

思わず口をついて出てしまった言葉に、小春は大きく目を見開き表情を歪ませる。

そして、震える声でこう言った。

「ダ、ダイエット頑張ります……」

「違う！　そういうことじゃなくて！」

涼の言葉は反射的なものだった。

小春はその声の大きさに驚きながらも、涼を見上げる。

「男にとって、女の子の身体って柔らかいものなの。小春ちゃんが太ってるとかそういうわけじゃなくて！　その、気持ちがいいなって……」

「そう、なんですか？」

「……そうなんです」

「よかった」

涼がなぜか負けたような気分になりながらそう口を尖らせると、小春はどこかホッとしたように微笑んだ。そして、首を傾げる。

「あの、男性の身体ってそんなに女性と違うんですか？」

まるで幼子《おさなご》のような質問に笑みがもれた。

涼は自分の着ていたシャツの前ボタンを外すと、こう語りかける。

「……触ってみる？」

「え？」

「俺ばっかり触るんじゃ、不公平だもんね」

指を絡ませていた手をそっと自分の胸板に当てがった。彼女は手のひらが触れた瞬間びくりと反応し、やがてしっかりと素肌に触れる。

「いいんですか？」

「うん」

涼が頷くのを確認して、小春は手のひらをゆっくりと滑らせた。そして、ふにふにと少し押してくる。

「本当だ。硬い」

「なんだか、くすぐったいね」

小春の手のひらが涼の胸板を滑り、そして腹部に少しだけ触れて、また胸板に戻ってくる。

その瞬間、小春の小指が涼の乳首を掠った。

「——っ」

声は出さなかったけれど、わずかに身体は反応した。その様子を見て、小春は目を丸くする。

「男の人も、こういうところ感じるんですか？」

「そりゃぁね。女性とどっちが感じるのかは、俺は女性じゃないからわからないけど……」

小春はそうなんだー、というような表情をしている。

彼女の視線は涼の胸に固定され、指先が……

つん。

「っ！　……小春ちゃん？」

「ご、ごめんなさい！　好奇心で！」

涼が本気で怒ったと思ったのか、小春は人差し指を立てたまま、おろおろと視線をさまよわせる。

そんな彼女をしばらく睨んだあと、涼はたまらずといった感じで噴き出した。

「小春ちゃんって面白いよね」

「そうで、しょうか？」

「それに可愛い」

「かわ――」

あまり褒められ慣れていないのか、小春はその言葉に狼狽《うろた》える。押し倒されて狼狽《うろた》えないのに、『可愛い』なんて拙《つたな》い褒め言葉に喜ぶ彼女が本当に可愛かった。

涼は小春のブラジャーをずらす。そして、出てきた大きなマシュマロを手で掴んだ。指が沈み、その間から肉が浮き上がる。少し強めに掴むと「んっ」と小春は眉を寄せる。

「それじゃ、さっきのお返し」

「え？」

言っている意味がわからないのだろう、小春は目を丸くする。

涼はそんな彼女の胸元に唇を寄せて、そして先端に舌を這わせた。


「やっ、ぁ、ひゃぁんっ――――！」

小春が一際大きく鳴いたのは、涼が彼女の赤い実をじゅっと吸い上げたから。

涼は自分の中心に熱が集まるのを感じながら、彼女の胸の真ん中を弄《もてあそ》んだ。指で捏ねて、潰して、爪を立てて。唇で食《は》んで、舌で舐《ねぶ》り、歯を立てた。

その度に小春は甘い声を上げながら、身体を反らし喉を晒《さら》す。

「ひゃん、んゃ、ぁ、ぁぁ！」

可愛い。もう、すごく可愛い。

彼女の目尻に涙がじわりと溜まり、それを唇で拭ったら、蜂蜜の味がした。

涼は小春の胸を虐めながら、先ほど言った強がりを後悔していた。『抵抗したら止める』

なんて、もうそんなの無理だ。確かにその言葉を言った時は止まるつもりだったし、嘘はなかった。だけどもうその約束は守れそうにない。事情は変わっていないが、気持ちが変わった。

涼は肩で息をする小春の前髪を払うと、両手で優しく彼女の顔を包んだ。そして、彼女が抵抗の言葉を吐かないように唇を塞ぐ。

「んっ！」

まさかキスをされるとは思っていなかったのだろう。小春はわずかに身体を固くし、手のひらで涼の胸を押す。しかし、今ここで離れると『いや』なんて言葉が飛び出してきそうで、胸を押す彼女の手に気づかないふりをしながら、唇をさらに深く重ね合わせた。するると、彼女は諦めたのか、それともようやく慣れてきたのか、涼の胸を押さなくなった。

涼はその隙を見計らって舌を口腔に滑り込ませ、そのまま彼女の舌と絡め合う。

「んっ、んん――」

小さくくぐもった声を上げながらも、小春は必死に涼の舌に自分のそれを絡ませてくれた。それにいい気になって舌をじゅっと吸い上げると、彼女は「ぁっ」と可愛らしい声をもらす。そしてまたかぶりつく。

「ぁ、んん」

息をする間も与えなかった。酸素を脳に回してしまえば、彼女が冷静になり、止められると思ったのだ。

小春が正気に戻る前に、彼女自身も止められない気持ちまで高めていく。

涼はもうそれだけしか考えていなかった。

彼女がキスに夢中になっている隙に、先ほど自分で着せたパジャマを剥ぎ取る。

ボタンは乱暴に外して、ズボンに手をかけた。

（俺はずるいな）

逃げ場を用意していると見せかけて退路を塞ぐなんて、ずるいを通り越して、ひどいだろう。

だけどその分優しく抱くと決めたし、嫌な思い出にはさせないと、涼は己の胸に誓うのだった。

◆◇◆

セックスというものは、すごく原始的な衝動で、欲望で、お互いの身体を貪《むさぼ》り合う激しいものだと思っていた。

だけどいざ蓋《ふた》を開けてみたら、ちゃんとしたコミュニケーションで、欲望だけど、それだけじゃなくて、お互いの身体を貪《むさぼ》り合うというよりは、お互いの存在を確かめ合う作業のように思えた。

これで関係性が恋人同士ならば、この行為は『愛し合う』というものになるのだと妙に納得してしまって、自分たちの関係に思いを馳せて、小春は少し首を捻ってしまった。

（私、なんで涼さんとこんなことしているんだろう）

酔ってしまったのを介抱してもらって、部屋まで連れて行ってもらって、なんだか話しているうちにこんなことになってしまった。

でも、こうしているのが嫌なわけでも、苦痛なわけでも、我慢しているわけでもない。成り行きだったけれど、触れられる肌の温度が気持ちいい。こうして初めてのキスをしている唇も柔らかいし、本当は嫌なはずなのに、胸を触られるとゾクゾクした。

彼の指が肌を滑るたびに身体が熱を帯びて、お酒の入った頭の中は沸騰して、もう考えもまとまらないし、状況に追いつけない。ぐちゃぐちゃだ。わけがわからない。

そもそも冷静になっていたら自分は抵抗するのだろうかと少し考えて、やっぱりまたよくわからなくて、お酒のせいにした。こうなっているのはお酒が悪い、そういうことにしよう。だってわからないのだ、自分が抵抗しない理由が。

長い長い初めてのキスが終わって、酸素が頭に入ってくる。

気がついたら着せてもらっていたパジャマがなくなっていて、その時ばかりは酔いもさめてしまい、小春は「やっ！」と小さく悲鳴を上げながら身体を隠した。

「なんで隠すの？　綺麗だよ」

「いや、でも……」

涼の節張った長い指がブラジャーに触れる。肩紐を外されて、肩に優しく触れられた。

そのまま彼の手は背中のホックを外す。

パチンと音がして、ぷるんと胸元が開放的になる。

ブラジャーをずらしただけの先ほどとは違い、彼は露わになった胸を大きな手で包んだ。もにゅもにゅと揉んでいる彼の手はその感触を楽しんでいるようにさえ見える。

それを見ていると、なんだか自分の胸を褒められているような気分になってくる。

しかし――

（あれ？　涼さんって、女の人が苦手じゃなかったっけ？）

涼のその行動は、小春にそんな疑問を抱かせた。

そうだ、涼は確かに女性が苦手だったはずだ。小春の胸にも全くと言っていいほど興味を示さなかったし、視線を向けてこようともしなかった。

（そっか、これって夢なんだ）

小春はそう結論づけた。

お酒に酔ってしまい涼に部屋まで連れてきてもらったところまでが現実で、きっとそのあと小春はそのままベッドで寝てしまったのだろう。

だからこれは夢。夢だから涼が小春を襲うなんてことがあり得てしまうのだし、涼がこんなふうに、まるで褒めるみたいに胸を触るなんてことが起こってしまうのだ。

（そう考えたら、色々納得かも）

少女漫画みたいな恋愛がしたいとずっと思っていた。この胸のせいで今まで叶わなかったけれど、王子様みたいな素敵な人と恋に落ちて、いつかこんなふうに愛されてみたいなと、いい歳をした大人の頭で考えてしまっていた。

よく考えてみたら、涼はまるで少女漫画に出てくる王子様だ。

かっこよくて、穏やかで、優しくて、困っている小春のことをいつも救ってくれて、だけど強くて、小春とは違う男の人。

そうだ。よく考えたら涼は小春の理想とする王子様なのだ。

「涼さんって、王子様みたいですね」

そんな想いがお酒で軽くなった口から飛び出した。言うつもりのなかった『王子様』なんて恥ずかしい単語に、夢の中の彼は呆れることなく微笑んで……

「今晩だけでも小春ちゃんの王子様にしてくれる？」

そう言うと、彼は耳にキスを落としてきた。

今晩だけ……という響きに寂しさが胸の中を満たしたけれど、そうだこれは夢なんだと、それなら今晩だけなのも頷けると、一人で納得した。それと同時に、またこういう夢を見られたらいいな……と思ってしまう。

そんなことを考えていると、身体の真ん中に電流が走ったようになる。

見れば、涼が小春の胸に歯を立てていた。そして、こちらを見ながら意地悪な顔でぎゅっと乳首を指先で潰した。

「ゃだめぇ！　ぁんん——っ！」

思った以上の力で潰されて、小春の目尻に涙が溜まる。

痛いわけじゃない。いや、もちろん少しは痛いが、苦しいのは身体を駆け上がる快楽のほうだ。

「なにか考え事？　余裕だね」

「え？」

「俺はこんなに小春ちゃんのことしか考えてないのにさ」

少し責めるようにそう言われ、小春は狼狽《うろた》えた。

涼は小春の胸の先端を自身の指の先で転がしながら、小春が見たことがないような妖《よう》艶《えん》な顔で笑う。

「考える余裕を与えちゃダメなんだね」

王子様はまるで悪魔のような声色と表情でそう言った。

涼の手は胸からだんだんと下に下りて、ショーツの縁にたどり着く。そしてそのままそこをゆっくりと一撫でし、指先を滑り込ませてくる。

自分の茂みをかき分けられる感触に思わず太腿を閉じようとするが、それも彼の身体に阻まれてできなかった。

「あ……」

「濡れてるね。ぴちょぴちょだ」

「あぁあぁぁ……」

茂みをかき分けて、裂けた潤みにたどり着いた彼の中指は、容赦なく割れ目をなぞる。まるで指に蜜をまとわせるように丹念に。

「あ、やだ、ん、あぁ、だめ、ぁ、や」

「本当にダメなの？　こんなに濡れてるのに？　身体はキモチイイって言ってるんじゃないかな？　ねぇ、入るよ」

入っていい？　ではなく、入るよ。

それはもうただの宣言で、決定事項で、予告だった。

にゅぷ、と涼の指先が割れ目に沈んで、そのままゆっくりと奥まで進んでくる。

自分の身体が初めて開かれる感覚に、小春はシーツを握りしめた。

「やあぁぁ――！」

「結構すんなり入るね。もしかして、自分でしたことがある？」

その問いに、小春は首を振る。すると、彼の声はわずかに低くなった。

「もしかして、誰かに――」

小春はさらに首を振る。彼の頭の中にはきっと先ほど話した上司のことが浮かんでいるのだろうと思う。だけど、そんなこと言わないでほしかった。それが心配からくる言葉でも、小春にとってはちょっと屈辱《くつじょく》的だったからだ。

涼はすぐさま小春の気持ちを汲んでくれて、「ごめんね、意地悪言った」と頭を下げてきた。そして、元に戻った甘い声色で微笑む。

「小春ちゃんの初めて、嬉しいよ。ありがとう」

その表情に小春がホッとしたのも束の間、彼はゆっくりと指の出し入れを始める。そして、耳に届き始める粘り気のある水音。

「あ、あ、ぁ、んっ。だめ、や、やぁっ」

「すごい濡れてる。それに音も……」

「いわ、ないで。ん――」

「ここがいいの？」

「やだやだやだやだ。そこさわらないでぇぇぇ――！」

中をかき回していた指が折れて、小春のいいところを重点的に擦り上げる。彼がそこを一撫でする度に快楽が一気に背中を駆け上がり、子宮が収縮した。一度触れられるだけでも頭の中が沸騰してどうにかなりそうなのに、彼は重点的にそこを擦り上げてくる。

「やぁあぁやだんん――！」

小春は涼に縋《すが》りつき、必死に首を振る。

「りょうさ、や、それ、やだ。やめ――」

「嫌だ」

「んんん――！」

指の本数が増えて、同時に抽送も激しくなる。

ちゅくちゅく、だった水音が一気に、ぐちゅぐちゅ、に変わり、腰が勝手に浮いて、ゆらゆらと動き始める。

「や、やだ！　なんかくる、なんかっ！」

呼吸が浅くなって、心臓の音が大きくなる。内側をかき回される度に全身から汗が噴き出して、太腿が震えた。身体の中心がぎゅぎゅっと小さくなる感覚がして、なにかに意識が押し上げられる。

「やだ、こわ、こわいの――」

「大丈夫だよ。安心して、いって」

耳元では優しくそう声をかけてくれるのに、彼の行為はちょっと暴力的だ。

嫌だと言ってもやめてくれないし、怖いところへ連れて行こうとする。

でも、そんな彼のことを嫌いにはなれなかった。それは彼が夢の中の住人だからだろうか。それとも、本当は小春もこれを求めているからなのだろうか。

さらに抽送が激しくなる。もうなにも考えられない。

小春は、迫り来る快楽に身を任せ、高みに上《のぼ》り詰めた。

「やだぁあぁあっん――――！」

目の前が真っ白になって、これ以上ないぐらいに緊張していた身体が一気に弛緩《しかん》する。

下腹部が異様に熱くて、ドロリと蜜を溢れさせた。そして彼の指が引き抜かれる。

「は、はぁ、は、は」

小春は短い呼吸を繰り返す。身体の筋肉にはもう力が入らない。

これが『イク』ということだと、この時小春は初めて知った。

気持ちがよかった。でもそれ以上に、身体が疲れてしまっていた。

涼は小春の身体をベッドの中心に運んでくれる。あぁ、もうこれでおしまいかと寂しく思うのと同時に、これで休める……とちょっと嬉しくなった。

しかし、そんな小春の予想は脆《もろ》くも崩れ去った。

膝が立てられ、割れ目に熱の塊が押しつけられる。

「え？」

その熱の塊の先を辿って、小春は固まった。押しつけられているのは、涼の雄だったからだ。

彼は小春の膝を立てたまま、ゆっくり腰を進めてくる。

「あ、あぁ、や、い――」

身体が裂けるのではないかという痛みに、身体がこわばる。しかし、涼はそんな彼女をいたわるように額《ひたい》にキスを落としてきた。

「大丈夫、強引には進めないから。身体の力を抜いて、深呼吸――」

「すぅ……………はぁー……」

涼の呼吸のタイミングに合わせて言われた通りに深呼吸をした。肺に新鮮な空気が入ると、彼の言う通りに身体の力が抜けてくる。

「いい感じ。そのまま身体の力、抜いてて」

涼はゆっくり、ゆっくりと腰を進めてくる。初めて雄を受け入れるのだから、痛くないわけではなかったけれど、それでも耐えられない痛みではない。それどころか、むしろちょっとその痛みが快楽に変わっている気がする。

ゆっくりゆっくりと腰が進んで、小春の下腹部が少し膨らむ。そこに涼の男根が入っていると思うとドキドキしたが、それと同時にこれ以上は入らないだろうとも思ってしまう。これでも結構な長さと圧迫感だ。

「あの、涼さん、あと……」

「あと、ね。そうだな、……半分ぐらい？」

「半分⁉」

半分でこの大きさと圧迫感か、と小春は目を剥《む》いた。

そんな彼女に彼は思わず噴き出して、またゆっくりと腰を進めた。

「んんっ」

「大丈夫、だよ。このままいけば、ちゃんと、入るから」

少し涼の呼吸が荒い。

彼を見上げれば、痛いのか苦しいのかわからないが、額《ひたい》に汗を浮かべ、眉を寄せていた。苦悶の表情といえばいいのだろうか。とにかく、気持ちよさそうとか、とろけている表情ではない。

「涼さん、大丈夫ですか？」

「ん？　あぁ、大丈夫。ちょっと小春ちゃんの中が気持ちよすぎてさ」

「気持ちいいのに、どうしてそんなに苦しそうなんですか？」

「動きたい気持ちを堪えてるんだよね。こういうのは本能だからさ。耐えるほうが、ちょっとね？」

それはつまり、小春に遠慮してこんな苦しそうな顔になっているということだろうか。

「あ、あの！　もし、涼さんがつらいなら――」

「ダメ」

ピシャリと、まるで叱るように彼は小春の言葉を止めた。

「ダメ。大切に抱くって決めたから」

その言葉に泣きそうになった。

こんなに大事にしてもらえることが、嬉しくてたまらなかったのだ。今まで出会った男性は、自分の欲望を押しつけてくるだけで、小春の気持ちや身体のことなんて何一つ考えてくれなかった。自分が気持ちいいのだから相手も気持ちがいいのだろうと、そういう想像力のない押し付けがましい考えをする人間ばかりだったから、小春は男性が苦手になったのだ。

あぁもう、さすがだ。さすが自分の夢だ。

こんなところまでも理想通り。

(でも、現実の涼さんもそんなに変わらない気がする)

そう思ってしまうのは、まだ小春が涼のことを知らないからだろうか。それとも彼に期待をしているということだろうか。

涼の頬に手を伸ばす。片手で頬を包み込むと、彼は「ん?」と首を傾げた。その表情が、体温が、たまらなく愛おしくなって、そこでこれが夢だということに初めて感謝した。

だって——

「涼さん」

「ん？」

「動いて、ください」

自分で大胆に入口を広げながらそういうことができるのだ。これが現実ならばそんなことは恥ずかしくてできない。

涼は髪の毛を掻き上げる。

「だから」

「私が欲しいんです」

瞬間、彼の喉仏が上下した。そして、今までに聞いたことのないような低い声で彼は唸る。

「最悪だ……」

「え？」

涼は小春の腰を掴んだまま彼女から雄を引き抜く。全てを引き抜くようなことはせず、先端だけが埋まった状態だ。

そして、身体の中の荒々しい感情を吐き出すように息をついたあと。

「あぁあぁぁぁっ――!!」

「くっ」

それまでの優しさなど少しも感じさせない獰猛《どうもう》さで彼の雄が最奥まで押し入ってきた。しかも、それだけにはとどまらず、彼は激しく抽送を始める。

「ぁあぁぁぁやだっあぁぁあん――!!」

なにが起こっているかよくわからない。

ただそれがすごく原始的な衝動で、欲望で、お互いの身体を貪《むさぼ》り合う激しいものなのは理解できた。先ほどまでのコミュニケーションだと思っていたものは彼が手加減してくれていたのだと実感した。

「あぁ、もう。なん、で。あんな――」

必死に腰を打ち付けながら涼は悔しそうな声でそう呻く。

涼は小春の身体に覆いかぶさり、ぎゅっと抱きしめてきた。それでも腰は止まらない。

「これで止まれなくなった」

後悔の滲んだ声。それは彼が彼自身のことを責めているようにも聞こえて小春はぎゅっと彼の頭を抱きしめた。

「りょう、さん」

「？」

「だいじょうぶ、です」

その言葉に涼は一瞬だけ泣きそうな顔になって、額《ひたい》に、頬に、瞼の上に、キスを落としてきた。

最後には見つめ合って、どちらからともなく唇を合わせる。

そのまま抽送はさらに激しくなっていく。

「ぁだめっ、んあぁぁあ――――!」

「――――っ!」

お腹の中に温かな熱が広がると同時に、小春は果てたのだった。

◆◇◆

(夢の中のエッチって、結構リアルなんだな……)

目が覚めた瞬間の小春の感想がそれだった。

すごく濃厚な夢だった。まるで現実のように痛みがあり、感触があり、気持ちもよかった。よほどリアルな夢だったからか、身体もだるいし、なぜか誰にも開かれたことがないはずの割れ目がヒリヒリしている感覚もある。

こんなに幸せな夢を久々に見たかもしれない。

こんな夢ならもう一度見たいなぁ……なんてちょっと恥ずかしいことまで考えてしまう。

それにしても身体が重い。もしかして風邪をひいてしまったのかもしれない。昨日の夜はお酒をたくさん飲んでいたから、もしかするとろくに上掛け布団をかけてなかったのかもしれない。そんなふうに考えながら小春は自分の身体を見下ろして……固まった。

「え？」

裸である。どこからどう見ても裸だ。身体を起こしていない小春にはまんまるな胸しか見えてはいないのだが、でも感覚で自分がどうなっているかはなんとなくわかる。

「……おはよう」

その時、背中のほうでなにやら声がした。気まずそうな、戸惑っているような、そんな声だが、聞き覚えはある声だった。

小春は嫌な予感を感じながらゆっくりと振り返る。

「身体は、大丈夫？」

そこには小春と同じように裸の涼がいた。

小春は息を止めたまま自分自身と涼の状況を確かめる。

二人とも裸で、同じベッドに横になっている。

昨日小春が見た夢は涼と一線を超えてしまう夢で、この状況を総合して考えると――

「え、私。昨日……」

「小春ちゃん？」

「えええええええ！！！」

夢が夢じゃなかった事実に思い至り、小春はマンションの外に響くような大きな声を上げた。

第三章

「こ、腰がいたい……」

初めてを迎えた翌日。小春は会社の椅子に座りながら腰を押さえていた。初めてだからなのか、セックスとはそういうものなのか、どうしようもなく腰が重いし、初めて雄を咥えた入口がちょっとヒリヒリした。広げられたばかりの下腹部にはまだ彼の存在感が残っていて、そのことを意識するたびにキーボードを打つ手が遅くなる。『あぁ私、涼さんとしちゃったんだ……』と実感するからだ。

小春は表情を取り繕いながら、今朝の出来事を思い出していた。

『本当にごめん！』

涼は小春が状況を理解するや否やそう頭を下げた。

簡潔なその謝罪が一瞬なにに対するものなのかわからなくて固まっていると、彼は続けて『小春ちゃんがこういうのに慎重だってこと、わかってたはずなのに……』と悔やむような声を出した。小春はそこでようやく彼が謝っている内容を理解して、同時に昨夜の出来事も鮮明に思い出し、顔から火が出そうだった。

かかっていた布団で身体を隠しながら赤い顔でブンブンと首を振る。

『大丈夫です！　あの、あれは私も悪かったので！　それに、その……』

続けざまに『私も気持ちよかったですし……』と言いかけて、そこで言葉を切った。

確かに気持ちがよかったのだ。初めては痛いって聞くのに、奥をガツガツと抉《えぐ》られる感覚や内側をゆっくりと押し広げられる感覚が震えてしまうぐらい気持ちがよかった。たまに飛び上がってしまうほど気持ちがいい場所に彼の雄が触れることがあって、その時は声が抑えられないほどの快感が背筋を駆け上《のぼ》った。

だけどそんなことを言えるわけがない。

小春が言いよどんだことが気になったのだろう、涼は『その？』と首を傾げてくる。

『な、なんでもないです！　とにかく今回のことは気にしてないので！　涼さんも気にしないでください！　それと私、今日は会社に早く行かなくちゃならなくって！』

『え？　小春ちゃん』

恥ずかしくなった小春は、涼を部屋から追い出し、そのまま逃げるように出社したというわけである。

「あぁ、もう、恥ずかしい！」

小春は昨夜から今朝までの出来事を思い出し、頭を抱えた。

夢みたいだった。というか本当に夢だと思っていたぐらいだ。

『嫌だったら抵抗して。ちゃんと途中で止まってあげるから』

『小春ちゃん、可愛いね』

情事中の涼の甘ったるい声が頭の中に蘇り、頬が一瞬にして熱くなる。

自分が恋人でもない人とああいうことをしてしまう人間だとは思わなかった。どちらかといえば身持ちが固いほうだと思っていたし、実際に今までそういうことには慎重なほうだった。

しかし、昨日はあっさりとその垣根を越えてしまった。しかも、今振り返っても全く悪い思い出ではないのだ。むしろ素敵な思い出として脳内に残っている。

(私って、えっちなのかな……)

もしかして自分は、性に奔放《ほんぽう》な、そういうことが好きな人間なのだろうか。

だから、涼のことをあんなにもあっさりと受け入れてしまったのだろうか。

だから、こんなにも昨日の思い出を何度も反芻《はんすう》してしまうのだろうか。

(頭が痛くなってきた……)

考えすぎて頭が痛くなるなんて、恋愛初心者にも程がある。

こんな微妙な関係を恋愛の一つとして数えてもいいのかわからないが、小春の中のカテゴリー分けとしてはそこしかない。

（それにしても、なんで涼さんはあんな……）

原因を作ったのは自分自身だという自覚はある。だとしても彼は女性が苦手なはずだ。しかも、未確認だが男性の恋人がいるはずである。そんな彼がどうして自分とそういう関係になったのか。それがわからない。

（考えられる可能性としては、必要に駆られたから……とか？）

彼は堂脇グループの現副社長で、次期社長である。

つまり、後継者が必要な人間なのだ。

「男の人同士で子供はできないから……」

自分に産んでもらおうとした……？

そこまで考えて、小春はブンブンと首を振った。いくらなんでも発想が飛躍しすぎている。

しかし、まったくあり得ない話でもないだろう。

涼が子供を必要としているのは、女性が苦手であるはずの彼がお見合いの場に来たことでも証明されている。きっと、結婚をして後継者を残さないといけないというのは想像通りだろう。そして、将来その役目を小春に頼もうと思っているのかもしれない。

「つまり、身体の相性を確かめたとか？」

それぐらいならあり得るかもしれない。もしくは『チャンスだし、もうさっさと子供を作っちゃってもいいかもしれない』ぐらいの考えが涼の頭によぎったということも考えられる。

（そういえば昨日、避妊ってしたのかな……）

彼が触れたところは鮮明に思い出せるのに、必死すぎたせいでそれ以外は曖昧だ。というか、そんなところをちゃんと見る余裕がなかったというのが正しい。

涼との子供を作ることは別にいい。子供は好きだし、いつかは欲しいと思っていた。相手が見繕える状態ではなかったから諦めてはいたが、チャンスがあるというのならばぜひ産みたいと思う。

だけど――

「今はちょっと困るわよね……」

動き出したばかりの企画もあるし、まだ手が離せない後輩もいる。社員なんてたくさんいるのだから他に代わりがいるだろうと言われればそれもそうだが、今持っている仕事を無責任に手放したくはない。

「できれば、あと一年……いや、二年ぐらいは待ってほしいわよね」

涼の気持ちもわかるし、事情もわかっているつもりだ。しかし、二人はまだ入籍もしていないのだし、子供を作るなら計画的に進めたかった。

「ちゃんとその辺りは話し合っておかないと！」

小春はそう決意を固める。

しかし――

（そうなったら、もう、ああいうことはしばらくないのかな……）

その考えに少し気落ちしてしまった自分もいて、小春は自分の気持ちがよくわからなかった。

◆◇◆

小春が自分の気持ちに向き合っているのと同時刻、涼は自身の会社の副社長室で頭を抱えていた。

「絶対に嫌われた……」

そう呟く彼の顔色は相当悪い。まるで三日ほど寝ていない男の顔だ。土気色で、気分も明らかに落ち込んでいるとわかる。

そんな彼の前には分厚いファイルを持った一人の男性社員がいた。

サラサラとした鳶色《とびいろ》の髪を持つ彼の名は、柳川大樹《やながわだいき》。涼の幼馴染で、現在、彼の秘書を務めている人物だ。

「嫌われたって、そんな大げさな……」

「だってそうだろう？　手を出さないと言った舌の根も乾かぬうちに、手を出したんだぞ？　しかも、彼女はああいうことに抵抗がありそうだったのに！」

「でも、抵抗しなかったんでしょう？　朝も普通だったんなら、彼女もまんざらでもなかったんじゃないですか？」

「しかし、部屋からは追い出された……」

涼はさらに強く頭を抱える。

「それは単に恥ずかしかっただけでは？」

「いいや、そんなわけない！　きっと俺は嫌われたんだ！」

「……もしかして、嫌われたいんですか？」

どんなフォローも届かない涼に大樹はそう呆れた声を出す。

「まぁ、好きな女性がそんなあられもない姿でいたら、男は誰だってそういう気持ちになりますよ。写真で見ても、あの胸ですからね。まぁ、よく抑えたほうじゃないですか？」

「い、言っておくが、俺は大きさなんてどうでもいいんだからな！」

涼は机を叩きながら立ち上がる。そして、こう続けた。

「彼女が机に胸を乗せていてもジロジロ見なかったし、ポシェットを斜めがけして胸の形がはっきりわかっていても気にしなかったし、胸が揺れて走りにくそうだったけど、なにも言わなかったし！」

「ジロジロ見そうだったし、気になったし、なにか言ってしまいそうになったんですね」

「誰もそんなことは言ってないだろうが！」

しかしながら図星だったのだろう。涼の耳はこれでもかというほど赤い。

「貴方、巨乳好きだったんですか？」

「そんなわけ！　……ないとは思うんだが」

彼女の胸に目が行ってしまうのは事実だ。しかし、今まではそんなことなかったのだ。これまで付き合いがあった女性にもそれなりに胸が大きい人はいたし、その胸を使ってあからさまにアプローチを仕掛けてこられたこともあるが、その時は本当になんとも思わなかった。むしろ、胸なんてただの脂肪の塊だと思っていたぐらいである。

「でもまぁ。話を聞く限り、誘うようなことをした彼女も悪いんじゃないですか？　だからそんなに気にしなくても――」

「そんなわけないだろう！　彼女は悪くない！」

「……本当に面倒臭い人ですね」

大樹の頬が引きつる。

「でもまぁ、悪いと思っているのなら謝るしかないんじゃないですか？　それで許してくれるかは別ですが、謝られないと向こうも許しようがないのは事実ですし」

「それは、そうだな」

涼は小さく頷いた。やってしまったことは仕方がない。取り返しもつかない。彼女の気持ちを裏切ったのは事実だし、彼女が昨日のことでもう一緒に暮らすのは無理だと言うのなら、それはそれで仕方がないことだ。

しかし、彼女がどんな結論にたどり着こうが、まずは謝るべきだろう。

彼女の心を傷つけてしまったお詫びをして、その反応次第ではキッパリと諦める。それが涼にとって小春にできる誠心誠意である。


「ってことで結論は出ましたね」

大樹はそう言いながら持っていたファイルを彼の前に、どん、と置く。そして、先ほどよりも数段低い、怒りを含んだような声を出した。

「今の無駄話分、しっかりと働きましょうね。副社長」

「……はい」

目の前の男の剣幕に、涼は若干怯《おび》えたような声を出した。

「あの、お話があるんですが！」

「小春ちゃん、話があるんだけど！」

二人の言葉が重なったのは、その日の晩のことだった。

ダイニングテーブルは明日届く予定になっていたので、今日も二人はキッチン前のカウンターにいた。二人は見つめ合いながらしばらく固まったあと、どちらからともなく「どうぞ！」「小春ちゃんのほうが先に！」と再び声が重なった。お互いの声に再び二人とも固まったが、ずっとこうしているわけにもいかないと判断したのか小春が「私は大丈夫なので、涼さんから言ってください」と涼に発言権を譲った。

涼はしばらく迷っていたが、日中の決意を実行に移すため、唇をキュッと引き締めた。

そして、机についてしまいそうなほどしっかりと頭を下げる。

「小春ちゃん、昨日はごめん！」

「え？」

「昨日はその、小春ちゃんの考えを無視してあんなことしてごめん！　謝っても許されないかもしれないけど、ちゃんと言っておきたくて！」

「わ、私のほうこそ、ごめんなさい！」

小春も同じことを話そうと思っていたのだろう、彼女も慌てたように頭を下げた。

「夢だと思ってあんな！　その、涼さんに甘えてしまっていて……」

「……ゆめ、だと、思ってたの？」

「あの、その……はい。お酒を飲んでいて、夢と現実が曖昧になっていて……」

小春は恥ずかしげに俯いた。

彼女の首筋が赤い。太腿の上で握られた手も、耳もまるで茹蛸《ゆでだこ》のようだ。

涼はそんな小春と向かい合いながら人差し指で自分の顎に手を当てた。

(でも待てよ。夢だと思って甘えたってことは、夢でなら甘えたいと思っていたということで、それってもしかして……)

その答えにたどり着いた瞬間、目の前がぱぁっと開けるような心地がした。

さすがにこの発言だけで小春が自分のことを好きだとは思わないが、それでも彼女の中で自分の存在がそれに近しいところにいるのではないかと期待してしまう。

だって、夢ならばあんなに甘えてくれるのだ。それは彼女の潜在意識に、涼に甘えたいという欲望があるからではないだろうか。

そんな答えに行きついて、涼はにやけそうになった口元を片手で隠した。

これは想像よりも嬉しい展開だ。もしかすると出ていかれるかもしれないと思っていた昼間の憂いはなんだったのだろうか。ともすると、今日このまま両思いになって、結婚話もとんとん拍子に進むかもしれない。

涼は慎重に言葉を選ぶ。

「それじゃ、小春ちゃんが話そうとしていたことって、もしかしてそれなのかな?」

「はい」

「それなら、気にしなくてもよかったのに。俺は――」

「あ、でも、そうなんですけど、そうじゃなくて！」

『小春ちゃんとああいうことができて、とても幸せだったよ』と続けるはずだった言葉は遮《さえぎ》られた。

　小春はもじもじと両手を握り合わせた後、決意を込めた目で涼を見上げた。

「あの！　いけないと思います！」

「え？」

「あの、涼さんの気持ちも事情も重々わかっているんですが。まだ結婚もしてないので、こういうのはちょっと早いと思います！」

最初のほうは貞操《ていそう》観念がきちんとしているんだな、と感心していたのだが……

涼は小春の言葉全体の意味をきちんと理解した上で顔を青くした。

「えっと、それは……」

「あの、同棲段階でそういうのはまだ早いと思いますし、よかったら今後は控えていただけないかと……」

　つまりそれは、盛《さか》るな、ということだろうか。

わかる。それはわかる。恋人同士ではない二人がそういうことをするのは倫理的におかしいとは思うし、涼だって最初は両思いになるまで一切手を出さないつもりだったのだ。だからそれはいい。許容できる。

許容できないのは、そのあとの言葉だった。

「えっと、それはわかった。昨日は俺が性急すぎたのも認める。それで、小春ちゃん的にはその、いつになったらいいっていうのはあるの？」

「え？」

「その、小春ちゃんの気持ちが向いたら……って思ってたらいいのかな？」

「そ、そうですね」

小春は逡巡《しゅんじゅん》する。

「少なくとも結婚してから一、二年は控えてほしいです。その、計画的にしたいといいますか……と」

ごん、と机に頭を打ちつけた。
一、二年⁉　これから気持ちを重ね合わせて、恋人期間を過ごした上で、結婚してから一、二年後⁉
それはあまりにも長すぎるんじゃないだろうか。気持ちを重ね合わせるまではわかる。恋人同士になってから結婚するまでというのも、『婚前交渉は論外』みたいな意見もあるだろうからそれも許容できる。

しかし、結婚した上で一、二年も我慢するのはいかがなものだろうか。というか、そんなに性的な行為が嫌だったなんて想像もしていなかった。

（それなら、昨日は本当に無理をさせたんだな……）

本当に申し訳ないことをした。

涼には昨日の小春の反応は悪くないように見えたが、所詮それも偏った目だ。本当は嫌で嫌でしょうがなかったのだろう。

「涼さん？」

「わかった。小春ちゃんが許してくれるまで、もうそういうことはしない」

「え？」

「大丈夫。今度こそ信用して」

そんなに嫌な行為を涼から受けても逃げなかった彼女に感謝しつつ、彼はそう小春と約束を交わすのだった。

◆◇◆

それから一週間後――

（なんでこんなことになるんだろう……）

小春は会社から帰宅しながら肩を落とした。

再提出になった企画の大詰めをしていたので、本日は残業。夜は、もう更けていた。

小春の気持ちを表すように月には薄雲がかかっている。

彼女が落ち込んでいる原因、それは涼にあった。

というのも、あの話し合い以降、涼がどうにもよそよそしくなったのだ。

よそよそしいといっても、別に無視されるわけではない。外から見ればいたって普通。

しかし、全く触れてこなくなったのだ。

今朝だって――

『小春ちゃん、鍵を忘れてるよ！』

『わ！　ありがとうございます』

『ここにおいておくね』

差し出した小春の手を無視して、彼は下駄箱の上に鍵をおいたのである。ちなみに二人とも玄関に立っていたので、下駄箱におくよりも、手渡しのほうが絶対に早い。

それ以外にもソファーでは絶対に隣に座らないし、必要がなければ半径二メートル以内には近づいてこない。昨晩は食器を下げる時にお互いの手が触れ合いそうになって、お皿を床に落としてしまった。そして買ったばかりのお皿を二枚とも割ってしまうなんていうハプニングも発生した。

（そうまでして私に触れたくないのかな……）

原因はおそらく一週間前の話し合いだ。小春はその話し合いで『結婚するまで子供を作らない』『子供は二人で計画的に作りたい』ということを遠回しに伝えた。きっとそれが原因で彼は小春に触れなくなったのだろう。

（子供を作らないのなら、それ以外では触れたくもないってことなのかな……）

小春は彼の苦手とする女性だ。だからきっと触れたくないのだろうと思う。小春は彼の『苦手』を『あまり話したくない。関わりたくない』ぐらいの『苦手』だと考えていたが、この感じだと『触れたくないほど嫌い。できるだけ関わり合いになりたくない』の『苦手』なのだろう。

それでも、彼は小春を無視することなく、表面上は前と変わらずに接してくれている。だからきっとそのことには感謝するべきなのかもしれないが……

「なんだか少し寂しいな……」

小春は肺の空気を全て吐き出すような深いため息をつく。

こうなることを望んだのは自分自身なのに、その選択を後悔してしまいそうなほどに寂しさが胸に積み上がっていた。

（こんなことなら、なにも言わないほうが良かったのかな……）

なにも言わなかったら、涼はあのままあの優しい手で小春に触れてくれていたはずだし、夜だって最初の日と同じように激しく求められて――

「って、なに考えてるの。私っ！」

頭の中に蘇ってきた、初めての夜に小春は首を振った。

首がだんだんと火照《ほて》ってくる。あの日、彼が優しく唇で触れてきた身体の至るところから、今にも火が噴き出してきそうだった。

「そもそも！　涼さんは子供が欲しいだけで私としたいわけじゃないんだし！」

自分で言ったその言葉に心臓がぎゅっとなる。

そうだ。涼は小春とどうこうしたいわけじゃない。あれは子供を作るために仕方なくやっていたことで、子供を作るのをやめたらこんなふうに触れてもこなくなるのだ。あの優しさも、気遣いも、小春だからしてくれたわけではない。

なにもなくてもあんなふうに優しく触ってもらえるのは、きっと彼の恋人だけだ。

「いいな……」

無意識にもれた言葉にハッとして、小春は口元を押さえた。

自分はなにを言っているんだろうか。こんなの、最初からわかっていたじゃないか。

それに、小春自身もそういう関係を望んでいたのではなかったか。利害だけが一致した、ドライなパートナーとしての関係を。

（でも、もしかしたら、私は……）

彼のことをもうドライなパートナーとして見ていないんじゃないだろうか……

小春がそんなふうに思っていると、不意に背中のほうから気配がした。視線を感じ振り返ると、男の人が二人、そこそこの距離まで近づいていた。真後ろとまではいかないが、彼らが思いっきり手を伸ばせば、小春の背中に届いてしまうだろう。

小春はなんとなく身の危険を感じ、失礼だとは思ったが足を早めて距離を取る。

すると、右側の男が「お前のせいだろ」ともう一人の男の肩を小突いた。すると、「えー、俺のせいかよ」となにやら会話を交わす。もしかして、もしかしなくても、彼らは後ろから小春になにかいたずらでもしようとしていたのだろうか。

そのことを理解した瞬間、小春の背筋に冷たいものが落ちた。

「えっと、私になにかご用ですか？」

すぐさま逃げなかったのは、追いかけてきそうだったし、男性二人に追いかけられたら確実に捕まってしまうからだ。昔から小春は走るのが得意ではないのだ。

小春は顔だけ後ろを振り向きながらそっと周りを見回す。しかし、見えるところには人はいなかった。人の多い大通りまでも、まだ距離がある。

（こういう時って、声を上げればいいのかな……）

一瞬、そんなことを考えたが、もし小春の勘違いだった場合、彼らに多大な迷惑がかかってしまうのではないのだろうか。狙われているのではないか……という思いが小春の妄想ではない保証はどこにもないのである。

だけど――

（やっぱり怖いな……）

そんなふうに怯《おび》える小春に、片方の男が陽気な声をかけた。

「こんにちは、お姉さん！」

「え！」

「こんにちはじゃないって、こんばんはだろ？」

「そっか、それもそうだよな！」

彼らはどこまでも楽しそうに言葉を交わす。見た感じはただの気のいい二人組だ。こんな時間にこんなところで出会わなかったら、普通に会話をしていたかもしれない。しかし、今は夜の九時で、場所は狭い路地裏なのだ。そういうわけにもいかない。

「えっと、私に用なんですか……ね？」

先ほど答えてもらえなかった問いをもう一度繰り返す。

「用っていうか。お姉さん、寂しそうだなぁって思って」

「え？」

「そうそう。だから、一緒に遊んであげようかなぁってね？」

「うんうん。一緒に遊ぼうと思って！」

楽しいは彼らの口調だけだ。話している内容はあからさまに小春を狙っていたのだとわかる内容で、ただひたすらに怖かった。というか、恐ろしかった。

小春は恐怖で固まってしまいそうな身体を無理矢理動かす。意識していなければ足も止まってしまいそうだ。

「い、いつからって、駅から？」

「いつからついてきたんですか？」

「そうそう、駅で遊んでたら、可愛い子がいるなぁと思ってついてきちゃったんだよね？」

ナンパなのだろうかと一瞬思ったが、ナンパならばすぐに声をかけるはずである。駅からここまで結構な距離がある。すぐに声をかけなかったということは、小春が暗がりに入るまで待っていたということで……

「――っ！」

小春はすぐさま身を翻《ひるがえ》した。このままでは危険だと思ったからだ。女性を男性二人で暗がりに連れ込んですることといえば、相場は決まっている。

「あ、逃げた！」

「お前が怖がらせることを言うからだろ！」

「なんでやっぱり俺のせいなんだよ！」

そう言い合いながら、男たちは追ってくる。

話している間にだいぶ大通りに近づいていたので、このまま人がたくさんいるところまで逃げられるかと思っていたのだが——

「はい、捕まえた！」

「——っ！」

すぐに手首を捕まえられ、口を塞がれた。

「んんんー!!」

小春は必死に身を捩《よじ》るが、男たちの手が外れる気配はない。それどころか持っていた鞄を放られて、壁に押しつけられた。

「んんんー!!」

思いつく限りの抵抗をする。足をバタつかせ、身体を捩《よじ》り、声を上げようと声帯を動かす。しかし、そんな抵抗を受けても彼らはどこまでも楽しそうにカラカラと笑った。

「そう嫌がらなくてもいいじゃん！」

「そうそう。一緒に楽しいことしようよ。……ってか、お姉さん胸大きいねぇ」

「お前、それ目当てでお姉さんに決めたくせに、今更気づいたみたいなこと言うなよー」

「バラすなって！　まるで俺が変態みたいじゃんか！」

「こんなことしてんだから、もう十分変態だろ？」

恐ろしくて身体が震える。自分は今から一体どうなってしまうのだろうかと考えて、涙が滲んだ。そんな小春の様子などお構いなしに、大きな双丘に男たちは歓声を上げる。

「うわー、ぱんぱん！　俺、こんな大きいの初めてだわ」

「いや。お前の元カノ、そこそこ大きかったじゃん？」

「大きかったけど、ここまでじゃねぇよ。それより、この子の前に襲った子のほうが大きかったぐらいじゃねぇ？」

「あー、それは確かに」

そんな暢気《のんき》な会話をしているのが信じられなかった。

喉が震えて声が出ない。声を出す気力もない。

（やだやだやだやだ！）

小春はもうそれしか考えられなかった。涼に抱かれた時はこんなに不快な気分にならなかったのに、彼らが自分の身体に触れているというだけで悪寒《おかん》が走り、身体が震え、声が奪われる。

（涼さん――！）

心の中でそう叫んだ時――

「なにしてるんだ‼」

聞きたかった声が耳に届いて、小春はハッと顔を上げた。

瞬間、小春を押さえ付けていた男たちの手が離れて、「やべ」「みつかった」というような焦った声が聞こえる。支えを失った小春が崩れ落ちるとともに、二人は騒がしい足音とともにその場から去っていった。

その場に座り込みながら呆然としている小春の肩に、ふわりと布がかかる。それは男性ものの上着だった。小春が見上げるとそこには、涼の姿があった。いつもの余裕のある笑みはなりをひそめて、彼は汗を額《ひたい》に浮かべながらこちらを覗き込んでいた。

「大丈夫⁉」

「……りょう、さん？」

小春が声を発したことに少し安堵したのだろう。涼は一瞬だけ安心したような表情を浮かべた。しかし、小春がまだ震えていることに気づくや否や、彼の眉間に深い皺が寄った。そして、今まで聞いたことがないような怒りを含んだ声が落ちてくる。

「小春ちゃん、待ってて。今あいつらを――」

「ま、待ってください！」

「小春ちゃん？」

「そばに、いてください……」

気がつけば彼の手を引きながらそう懇願《こんがん》していた。

怖かった。どうしようもないぐらい怖かった。今でも頭は混乱しているし、身体も動かない。声だってさっきの言葉が精一杯だ。そんな時に一人になんてしてほしくなかった。ぎゅっと抱きしめて『大丈夫だよ』と安心させてほしかった。

そんな小春の思いが通じたのだろう、涼は小春を抱きしめ、耳元で「そうだよね。ごめん」と小さく謝ってきた。

涼はなにも悪くないのだと小春が首を振ると、彼は彼女を抱き上げ「とりあえず家に戻ろうか」と優しい声を出す。小春が泣きそうな声でそれに頷くと、彼も少しだけ泣きそうな顔になったあと、もう一度彼女をぎゅっと引き寄せた。


それからの展開は小春にはよくわからなかった。部屋のソファーで膝を抱えている間に、涼が警察に電話をしてくれて、少し話がしたいと女性の警察官が部屋を訪れた。聞かれた内容にだけ端的に答えると、「怖かったですね」と同情的な声をかけてくれ、それでまた少しだけ泣きそうになってしまった。

そして——

「お風呂、沸かしたんだけど入れる？」

警察官が帰った一時間後、涼にそう声をかけられた。

ずっと膝を抱えたまま微動だにしない小春を心配しているのだろう、彼は不安そうな顔で彼女の顔を覗き込んでいる。

小春はしばらく考えたあと、ゆっくりと頷いた。

本当はお風呂なんて入る気にはなれなかったけど、彼らに触れられた場所がどうにも汚く感じてしまって、すぐさま洗い流したかったのだ。

服を脱いで風呂場に入ると、湿度の高い暖かな室内の空気に心からホッとした。湯船に浸かるとこわばっていた身体が解《ほぐ》されていくようだった。

肩までお湯に浸かって息をはく。そして――

「ふっ――」

思わず嗚咽《おえつ》がもれた。

身体が温かくなって、心もやっと落ち着いて、そこでようやく先ほどまでの恐怖が迫り上がってきたのだ。襲われた時の瞬間的な恐怖ではなく、その先を考えてしまったがための恐怖。そして、そんなことにならずに済んだ安堵の涙が小春の目から溢れ出た。

慌てて目元を押さえるが、涙はあとからあとから溢れてきて、どうにも止まらなかった。

『大丈夫？』

突然その声が風呂場の中に響きわたった。扉のほうを見ると、こちらに背を向けた人影がある。

「え。涼さん？」

『心配だからちょっと様子を見にきたんだけど……。ごめん、もしかして一人でいたかったかな？』

小春が泣いていた様子にどうしていいのかわからなかったのだろう。涼は戸惑っているようだった。それでも声をかけてくれたのは、彼の優しさだ。

涼の気遣いに、小春の胸は先ほどとは違った意味で温かくなる。彼女は涼に心配をかけないようにできるだけ元気な声を出した。

「大丈夫です。その、涼さんが助けてくれたので！　ありがとうございます」

『いや、俺はなにもしてないよ。肝心な時に一緒にいてあげられなくてごめんね』

「そんな！　涼さんが謝ることじゃ！」

『いや、俺がちゃんと駅まで迎えに行ってればこんなことにはならなかったのは本当だしさ。今日小春ちゃんから遅くなるって連絡もらってたからわかってたはずなのに……』

そう言う彼の声には、後悔が滲んでいた。

確かに小春は会社で残業が確定した時『今日は遅くなりますね』と連絡はしたが、それは決して『迎えにきてほしい』という意味で連絡はしていなかった。なのに彼は、自分が迎えに行かなかったから小春があんな目にあったのではないかと自分を責めているのだ。

「涼さんが悪いわけじゃないので、あの、本当に気にしないでくださいね」

『……』

「涼さん？」

『怪我とかは、してない？』

やっとの事で絞り出したというような声に、小春は頷いた。

「あ、はい。あの、膝をちょっと擦りむいたぐらいです」

『膝？』

「抵抗した時に、逃げようとして、それで……」

涼が息を詰めた気配がした。扉から透けて見える彼の影は拳をぎゅっと握りしめる。

小刻みに震えているように見えるのは、気のせいだろうか。

涼はしばらく黙ったあと、深呼吸を一度し、極めて冷静な口調で小春に声をかけた。

『あとでちゃんと見せてね。手当したほうがいいし』

「はい。……でも、そこまでの怪我じゃないので、そんなに気にする必要はないですよ？」

それは涼を安心させるための言葉だった。自分が怪我をしたことをどうにも気に病んでいる様子の彼を安心させたくて吐いた言葉。しかし、彼はその言葉を聞いて、激昂した。

『そこまでじゃないわけないだろ、全然――！』

そこまで叫んで、涼はハッとしたように言葉を切った。そして――

『ごめん。傷ついているのは小春ちゃんなのに……』と落ち込んだような声を出した。

扉の外の彼もどこか項垂《うなだ》れているように見える。そんな彼を見ていると、ちょっとだけ、本当にちょっとだけだが、笑みがこぼれた。

「なんだか、涼さんの声って落ち着きますね」

『え？』

「私、さっきまですごく怖くて。情けない話なんですけど、お風呂の中でも泣いちゃって……」

「ちょっと触られただけなのに、情けないですよね……」と頬を掻きながら言うと、涼はすぐさま『そんなことない』とフォローしてくれた。そんな彼にもまた笑みがこぼれて、小春はさらに言葉を続けた。

「だけど、こうやって涼さんとお話ししてたらなんだかちょっと元気になってきました……」

『無理、してない？』

「どうなんでしょう。でも、涼さんとお話ししていると安心してくるのは、本当です」

先ほどからこの胸に満ちる温かい気持ちは、こうやって気を遣ってくれる涼への感謝の気持ち、それと――

小春は首を振った。これ以上は、いけない。

この気持ちに気がついてはいけないと彼女の中のなにかが警告する。この気持ちに気がついてしまっても、先はないのだ。彼には相手が別にいて、自分の気持ちはきっとどうやっても届かない。

小春は気づきかけた気持ちに蓋《ふた》をして、彼の影を見つめた。

「ありがとうございます。私なんかのために一緒に怒ってくれて……」

見ていないだろうがその場で頭を下げる。すると、彼の影がこちらを向いた。そして、扉に手がそっと置かれる。

『そういう言い方は好きじゃない』

「え？」

『「なんか」とか使わないでほしい。小春ちゃんは俺にとって「なんか」じゃないよ』

その言葉に鼻の奥がつんとして、目頭が熱くなった、幸せがじわじわと迫り上がってくる。

小春は湯船から上がると、扉に置いてある彼の手のひらに自分の手のひらを重ねた。扉越しに彼の体温が伝わってきているようで、湯船に浸かっている時よりも身体が熱くなってくる。

そうして小春の中に浮かんできたのは、ある願望だった。

「あの、涼さん。嫌なら断ってくれてもいいんですけど」

『なに？』

「一緒にお風呂入りませんか？」

『え？』

触れてほしい。

ただ純粋にそう思った。この扉を取っ払って、彼の指に自分の指を絡ませたい。

そして、ぎゅっと抱きしめてもらったら、きっとこの不快感や不安感から解き放たれると思ったのだ。

小春の願いに扉の向こうの涼はたじろぐ。そしてしばらく黙ったあと、窺うような声を出した。

『俺はいいけど、小春ちゃんは嫌じゃないの？』

「私は、一緒にいてほしいです」

なんて恥ずかしいことを言っているんだろうと思ったし、指先でさえも触れることを嫌がっている彼になんてことを言ってるんだとも思う。だけど、どうやってもこの気持ちは止められなかった。迷惑だと思われても、嫌な女だと思われても、自分を心配する彼の気持ちに付け入ることになっているのはわかっているけれど。

とにかくもう、彼の体温を感じたかった。最後に残っているのがあの男たちの体温だなんて身の毛がよだつのだ。

塗り替えてほしい、なんて贅沢なことは言わない。ただ、塗り替えられたと小春自身が勘違いしてしまうぐらい、一緒にいてほしかったのだ。

涼は小春の願いに「わかった」と答え、すぐさま風呂場に入ってきてくれた。二人は重なるように湯船に浸かる。浴槽は広いので二人で一緒に入っても狭くはないのだが、さすがに触れないというわけにもいかず、小春は甘えるように涼の胸板に背中を預けていた。背中に当たる彼の体温に、聞こえてくる鼓動。彼の鼓動が少し速い気がするのは、きっと気のせいだ。

恥ずかしいので一応身体にタオルは巻いているが、そんなものに防御力がないのはわかりきっていた。だけど、恥ずかしさよりも、なによりもこうしていたいと思うのだから、仕方がない。

「膝、本当に擦りむいてるね」

「――っ！」

「ごめん、痛かった？」

触れてきた指先に飛び上がってしまったのは痛かったからじゃない。素肌同士の触れ合いに身体が勝手に反応してしまったからだ。しかし、そんなことを馬鹿正直に言うのは気が引けて小春は「少しだけ……」と嘘をついた。すると、彼のほうが痛そうな顔をする。

「そんな顔しないでください。本当に大丈夫ですから」

「でも……」

「涼さんがこうしてくれてるおかげで、痛みも引いてくる気がしますし」

小春は彼の手に自分の手を重ねた。本当に彼が触れてくれているだけで、痛みが引くような気がしてくるのだから不思議である。

涼は小春の行動に目を見張り、息を詰めたあと、彼女の腹部に手を回し、再び後ろから抱え込むようにした。

先ほどよりも強くなった腕の力に、小春は「涼さん？」と首を傾げる。

「俺は、どうしたらいい？」

「え？」

「どうやったら、小春ちゃんの不安を取り除いてあげられる？」

その突然の申し出に呆ける小春に「なんでも言って。なんでもしてあげる」と涼はさらに言葉を重ねる。

きっと涼は自分に同情してこんなことを言っているのだろうと思う。あんなに怖い思いをしたのだから、できる限りのことをやってあげよう。そんな優しい気持ちで彼はそう口にしたのだろう。

そんな彼の思いに対する小春の答えは決まっていたけれど、それを彼に直接言うのは憚《はばか》られて、彼女は代わりの言葉を口にした。

（これで十分です）

「触れてほしいです」

「え？」

「あ……」

気がついた時にはもう、想いと言葉が逆になっていて、小春は慌てて口を押さえた。

（私ったら、なに言って……）

「あ、あの！」

「いいよ。どこ触ったらいい？」

狼狽《うろた》える小春に涼は淡々とそう返した。小春が「え？　あの……」と戸惑うような声を出しても「ちゃんと言ってくれなきゃわからないよ？」と促される。

小春は諦めたように俯き、一度下唇を噛んだ後、小さな声を出す。

「あの人たちに触られたところを触ってほしいです」

「どこを触られたの？」

「手首と……」

「ここ？」

指が這ってきて、小春の手首に触れた。続けて「どうやって触ればいい？」と聞かれたので「や、優しくお願いします」と躊躇《ためら》いがちに答えると、涼は少し噴き出すように笑ったあと「わかった」と頷いてくれる。

彼は両手で小春の手首を掴むと優しく触れてきた。最初は右。次に左。慈しむように、労うように、擦って、撫でられた。その触れ方は、本当にあの二人組の男たちとは真逆で、身体と一緒に心までほわほわしてきてしまう。

「あとは？」

「あと……」

「胸とか触られてないよね？」

彼が触れたのはデコルテの部分だった。鎖骨のあたりに手のひらが這って、背筋がぞわぞわと粟立つ。彼の大きな手がタオルの上から胸を掴んで。そしてふわふわと触り出した。

「どうなの？　触られた？」

「触れては……ない、ですけど……」

「ですけど？」

小春がその問いに答える前に、涼の右手が胸の谷間のあたりから侵入してくる。彼の中指は胸の谷間を通って、日中ならばブラジャーのワイヤーが這っている部分をたどり、手のひら全体が右胸に行き着いた。

小春の身体を覆っていたタオルは彼の腕の侵入に耐えきれず、お湯の中でふわりとはだける。小春がそれに「あっ」と声を出し、慌てて前を合わせようとしたが、やんわりと涼に止められてしまった。

彼の前に露わになる自分の裸体。お湯には色がついていないので、本当に全てが丸見えだ。タオルの防御力なんて……とばかにしていたが、なにも着ていないよりはタオルだけでもあったほうが随分とマシなのだと、小春は身体を熱くさせながら実感した。

目の前で、涼の手がやわやわと胸を揉みしだく。

「ん」

「気持ちいい？」

気がついたら後ろから伸びている手は二本になっていた。

両方の手で優しく愛されて、胸はやわやわと形を変える。ぷかぷかとお湯に浮いている二つの胸は、まるで浮き袋だ。

涼の唇が耳を食《は》んで、そして囁いた。

「触られてないけど、触ってほしい？」

「それは――」

「どこをどんなふうに触ってほしいの？」

「あっ――」

キュッと胸の先端をつままれて、小春は前のめりになる。しかし、涼はそんな彼女を逃してはくれなかった。彼は両方の胸の先端を指先で押しつぶしたあと、ぴん、と引っ張ってくる。

「ぁんんっ」

もれ出た声がよく室内に反響して大きく響く。自分で発したその声が耳に入って、小春は唇をわななわなと震わせた。

「こんな感じ？　それとも、もっと優しくかな？」

「涼さん、もしかしてからかってます？」

「ちょっとね」

涼は指先でちょっとを表現する。その仕草に、小春は怒ったような声を出した。

「涼さん！」

「ほら、小春ちゃんなんだか緊張しているみたいだったからさ。いつもの小春ちゃんに戻ってほしくて……」

そう言われてみれば確かに、先ほどよりは随分と空気が柔らかくなった気がする。というか、いつもの二人に近い気がする。

「他には？」

「他……」

「他に触ってほしいところ。例えば、ここら辺は？」

そう言って触れてきたのは、小春の腹部だった。五本の指先が上から下に皮膚の波を作りながら下りてくる。そして脇腹を、ふに、と掴んだ。

小春は身体を捩《よじ》る。

「くすぐった――！」

「ほら、真剣に答えて」

「真剣に答えてって――」

脇腹をくすぐられ、小春は浴槽から湯をこぼれさせながら笑う。

小春につられて、涼も嬉しそうに頬を引き上げた。その表情を見て、彼がわざと小春のことをくすぐっているのだと気がついた。

きっと彼は、いつまでも辛気臭い顔をしている小春を笑わせたくて、そんなふうにしているのだ。

（やっぱり好きだなぁ……）

その瞬間、ハッとした。感情の蓋《ふた》がずれている。必死に見えないように蓋《ふた》をして隠したはずなのに、いつの間にか表に出てきていて、溢れている。

（こんな感情あっても仕方がないのに……）

そうは思うが、自覚してしまった以上、もう見ないフリはできなかった。

小春は涼のことが好きなのだ。

この、朗らかな性格が。この、柔らかい物腰が。この、小春の心を労ってくれる行動が。この、笑わせてくれようとする心根が。

どうしようもなく好きなのだ。

けれど、小春の気持ちは彼に届くことはないだろう。涼には小春とは別に好きな人がいて、彼が小春と結婚しようとしているのは外面を取り繕うためであり、子供を儲けるため。そこに感情は一切伴ってはいないし、感情があったとしてもそれは小春の『好き』とは違う友人としての『好き』だろう。

その『好き』で満足しないといけないはずなのに、小春の胸はじくじくと痛む。

そんな小春の気持ちを知らない彼は、やっぱり朗らかに笑いながらお腹から下に手を伸ばしてきた。

「他にはどこを触られたの？　この辺は？」

「脚は、多分触られてないです」

「多分？」

「なんか最後ら辺は混乱していて覚えてなくて……」

「そっか。……それなら、全部触っておこうか」

そう言って彼が最初に触れてきたのは、小春の膝頭だった。そこから、ふくらはぎを通って、くるぶし、足の甲、つま先まで、優しく撫でられる。それを右も左も丁寧に繰り返して、また膝まで戻ってきた。

そして今度は膝から上に手が伸びてくる。

涼はまるでマッサージをするように両手で太腿を優しく撫で上げた。

こちらも右も左も丁寧に。そして手のひらは内腿にまで伸びてきて……

「ちょ、そこは大丈夫です！」

「ダメ。覚えてないから全部触るって話だったでしょう？」

「でも、多分そこは触っていない気が……」

「多分、でしょう？」

それ以上触れてほしくなくて内腿をぎゅっと合わせたのだが、涼はそんな小春の気持ちなどお構いなしに内腿に手を入れて彼女の脚を無理やり開かせた。そして、内腿をゆっくりと撫でてくる。

「ん」

「どうしたの？　気持ちがいい？」

後ろから小春の表情を覗き見する涼はどこからどう見ても確信犯だ。小春が感じることがわかっていて、こうして執拗に内腿を攻めるのである。

「涼さんの、意地悪」

「小春ちゃんが触ってほしいって言ったからそうしてるのに？」

「でもこんな触り方……」

膝頭から脚の付け根までゆっくりと手が這っていく。しかし、決して中心には触れず、手はいつも膝頭へ戻っていく。

迫り上がってきたもどかしさに小春は熱い息を吐くと、彼は耳を食《は》んできた。その刺激が背筋を駆け上がって、小春は小さな嬌声《きょうせい》を上げてしまう。

「んんん」

「どうしたの？　そんな声出して」

なんで小春がそんな声を上げたのか、そんなことわかっているはずなのに彼はそう意地悪な声を出した。そして、彼の指先は脚の付け根あたりを重点的に触り出す。

「もしかして、ここら辺触ってほしいの？」

「ここ、じゃなくて……」

「ここじゃなくて？」

「もっと、うえ、のほう……」

言った。言ってしまった。

熱に浮かされた頭は言っていい言葉と言ってはいけない言葉の区別もつかない。

涼はフッと笑って、「ここ？」と小春のぬかるみに指の腹を押し付けた。

「んっ」

「どうしたの？　なんだかすごくぬるぬるしてるよ。もしかしてこれ、濡れてる？」

「それは……」

「俺が触って感じちゃった？　それとも、ここも触られた？」

少しだけ低くなった声に、小春は首を振る。いつの間にか息も上がっていて、荒く呼吸しながら「触られて、ない、です」と言うと、彼は「本当に？」とさらに確認してくる。

「ほんと、です。そこにさわったのは、いままで、りょうさんだけ、だから」

「嬉しいこと言ってくれるね」

ぬるぬると指の腹が小春の割れ目を何度も往復する。

そうして、そのままゆっくりと中指が中に侵入してきた。

「あ……」

温かいお風呂のお湯が彼の指と一緒に入り込んできて、体温がぐっと上がった気がした。そのまま指はまるで小春の蜜をかき出すようにくちゅくちゅと動き回る。

「すごいね。溢れてくる」

「りょう、さ――」

「ダメ。全部触るって話だったでしょう？」

小春に止められると思ったのか、涼は言葉で制した。

彼は小春を浴槽の縁に座らせ、背中を壁につけさせた。そしてそのまま大きく膝を開くと、中をかき回し始める。

「んっ、や、あ、だめ、あぁぁ！」

もうすでに知られてしまっているいいところを彼は重点的に攻め立てる。

風呂場に小春の蜜をかき回す音が広がって、小春は必死に首を振った。

「やだっ、あんっ！　ぁ、いっちゃ、やだぁあぁ!!」

くちゅくちゅという蜜をかき混ぜる音が耳の中を犯して、彼の長い指が膣内を犯す。

身体に力が入らなくなっているのに、下腹部だけはきゅんきゅんと痙攣《けいれん》を始めて、自分がもうすぐ達してしまうのを感じる。

「いっちゃ、いっちゃう、あぁっ、あぁぁ、やだやだ!!」

自分があられもない声を出しているのがわかる。でももう止められなかった。

大きな波のような快楽が小春を飲み込んで、そして――

「――っ！」

胸の先端を摘まれた瞬間、激しく達してしまう。

頭の中が真っ白になって、膝がガクガクと震える。

口の端からは留めておけなくなった唾液がゆっくりと流れ落ちた。

「大丈夫？」

そう聞いてくる涼のほうを見る。

なぜか彼も小春と同じように苦しそうな表情で、小春は首を捻った。

「あの……」

「もう出ようか。このままだと、のぼせちゃうね」

そう言って彼が立ち上がった時だった。小春の視線の先に大きく立ち上がった彼のモノが目に入る。それは小春が想像していたモノよりも断然大きくて、長かった。あんなものが自分の身体に入ったことがあるなんて想像もできない。

(というか……)

「涼さん、あの……」

小春の視線に気がついたのだろう、涼は自分の下半身に視線を移して、「あー……」と小さく声をもらす。

「あの。それ、苦しくないですか？」

「苦しいは、苦しいけど……」

「それなら……」

「大丈夫。小春ちゃんには関係のないことだから」

笑みを浮かべながらそう言われ、小春は固まった。

『関係ない』という言葉が胸を刺すと同時に、自分が言いかけていたことの恥ずかしさに視線を逸らした。

（そうだった。涼さんは私となんて、別に……）

彼は特別したいわけではないのだ。してもらいたいのは小春だけ。

そのことに気がついた瞬間、小春は罪悪感で胸がいっぱいになった。

涼になんてことをさせてしまったのだ、と。

「それじゃ、出ようか」

「……はい」

小春がそう頷くと、彼は微笑んだあと彼女の身体を支えるのだった。

◆◇◆

未明には、小春を襲った二人組は捕まっていた。あの辺では、小春のように女性が襲われる事件が頻発していて、余罪があるのではないかと追及しているらしい。

そうして、翌日。

小春は電車で会社に向かっていた。

時刻はお昼を少し過ぎたあたり。涼からは「今日ぐらい仕事は休んだら？」と言われていたのだが、明日は絶対に外せない会議があるので午後からだけでも……と少し無理をして向かっているのだ。

午前中は病院に行っていたので、小春の手首には包帯が巻いてある。包帯の下は見事なまでに青アザになっていた。もうあまり痛くはないのだが、アザが目立たなくなるまでに二、三日。完治には一週間程度かかるらしい。

小春は人が少ない電車に揺られながら、昨晩のことを思い出していた。

「私って最悪だなぁ……」

小春はそう呟きながら窓の外を見た。

昨晩は、傷ついていたとはいえ、とんでもないことをしてしまった。一緒のお風呂に入ってほしいと願うなんて、身体に触れてほしいと願うなんて、本当にもうどうかしている。普段の小春ならば絶対にあり得ないことだ。涼だって顔は笑っていたが、内心呆れていたことだろう。もしかすると破廉恥《はれんち》な人間だと思われてしまったかもしれない。

涼にとって、昨日の小春との行為は恋人に対する浮気そのものだ。最初のセックスは子作りのためのものだが、昨晩のは違う。傷ついた小春を慰めるために彼は自ら犠牲になってくれたのだ。

好きでもない女の身体に触れるなんて、彼だって相当嫌だったに違いない。

「はぁあぁぁ……」

涼の優しさに付け入《かえり》ってやりたい放題。

相手の事情などを顧みず自分の欲望を押しつけるだけ、というのは、昨晩小春を襲った人たちと本質的には変わらないのではないのだろうか。

そんなふうに自分を責めながら、小春はノロノロと歩いて会社にたどり着く。

会社の前でふとスマホを見れば、通知が五件も来ていた。開いてみるとどれも涼からのメッセージで、内容は小春の身体や心を心配するようなものが並んでいた。

『今日は会社に行ってもいいけど、無理はしないように』

『体調が悪くなったら早退しなよ』

そして最後には
『今日、会社に迎えにいくから待っててね。一人で帰らないように！』

のメッセージ。

本当にもう、呆れるぐらい彼は優しい。

そんな彼と浅ましい自分の差にちょっと落ち込みながら小春は最後のメッセージに
『わかりました。ありがとうございます』とだけ返し、画面をオフにした。

会社に入ると、待ってましたとばかりに後輩――美優が出迎えてくれる。

「先輩、怪我したって聞きましたけどだいじょ――って、手首！」

美優は小春の手首に巻いてある包帯を見て、大げさに驚いた。そしておろおろと彼女の周りを回りだす。そして、さらに目ざとく膝の擦り剥《む》きにも気がつき、顔を青くさせた。

「なんでそんなことになってるんですか、先輩！」

「あー。実はちょっと転《こ》けちゃって……」

「『転《こ》けちゃって……』って！　転《こ》けてそんな怪我になりますか⁉　もしかして、ＤＶ？　ＤＶ彼氏がいたりするんです？」

「違う違う。そんな人いないから。それにそこまで心配しなくても大丈夫よ。完治まで一週間位だって話だし」

「そんなこと言っても、心配しますよー」

正直にはとても言えなくてそんなふうにごまかすと、美優の後ろから一人の男が会話に割って入ってくる。

「ＤＶ彼氏って、あの時の男の人ですか？」

会話に入ってきたのは、山根だった。ももちゃんが死んだ飲み会で、小春のことをしつこく誘ってきたあの男性社員である。あれから社内で打ち解けたようで、小春にもあまりしつこく絡んでは来なくなったのだが、それでも小春のことは気になるようで美優と話しているとよくこんなふうに割り込んできたりするのだ。

山根の言っている『あの時の男の人』というのが涼のことだと気がついて、小春は必死に首を振った。

「違う違う！　あの人は――」

「えー！　先輩、やっぱり彼氏いたんですか⁉」

「彼氏というか、なんというか……」

そうしている間に、また一人、また一人と人が集まってきた。

平和な会社にふって湧いた突然の暴力沙汰に、皆、どこか興奮しているようだった。

小春はそんな彼らを落ち着かせるため声を張る。

「えっと。とにかく私は大丈夫だから！　みんな、仕事しようねー」

「ええ、本当ですかー？」

「先輩、殴られてるんじゃないですか？」

「彼氏がいるっていうのは……」

「はい！　プライベートなことは一切答える気がありませんので！」

小春がそう言いながら手を一つ叩くと、それがまるで解散の合図だったかのように、集まった人たちは「桐崎さんがそう言うのなら……」といった感じでそばから離れていった。

残ったのは、美優と山根の二人だけである。

山根は小春の手をぎゅっと握りしめた。

「先輩。俺、いつでも相談に乗りますからね！」

「うん。ありがとう」

彼もまたなにか勘違いをしていそうだったけれど、角を立てることもないのでそれだけ返した。

それから仕事は順調に進んでいった。小春自身も昨日の今日なのでちゃんと仕事ができるか不安だったが、どうやら仕事をしていたほうがなにも考えなくて済むらしく、定時に終わらせることができた。もちろん、いつもはもう少し詰めて仕事をするのだが、昨日のこともあって今日は必要最低限だ。

そうして、定時を迎えたのだが……

（もしかして、涼さんもう来ているかな……）

小春はエレベーターを降りながらそんなふうに考える。

今朝のメッセージでは『迎えにいく』とは言っていたが、いつも忙しそうな彼が迎えにこられるとはとても思えない。

「だけど、本当に迎えにきてくれてたら、嬉しいな……」

そんなふうに呟きながら、エレベーターを降りた小春を迎えたのは……

「あぁ、お待ちしてました。桐崎小春さん」

涼ではなかった。

サラサラとした鳶色《とびいろ》の髪の毛に、すっきりとした目鼻立ち。彼の手足は長く、スーツをきっちりと着こなしている。涼とは種類が違うが、彼もまた女性にとてもモテそうである。

そんな男性が会社のロビーで小春のことを待っていた。

「えっと、どなたでしょうか？」

昨日のこともあるからか、小春は少し怯《おび》えたようにそう言った。すると、その男性は片眉を上げて「お聞きになっていませんか？　そうですか……」と呟いたあと、懐から名刺を出してくる。

そこには『堂脇コーポレーション　副社長秘書　柳川大樹』と書かれてあった。

「柳川、さん？」

「はい。副社長――貴女には、涼、と言ったほうがわかりやすいですかね？　私は彼の秘書をしているものです。今日は彼の頼みで貴女を迎えにきました。私がマンションまでお送りします」

その突然の申し出に小春が「え？」と声をもらすと、大樹は眉間に皺を寄せたまま下唇を撫でた。

「というか本当に、あの人から連絡は来ていませんか？　連絡したと伺ったのでこちらに来たのですが……」

「ちょ、ちょっと待ってくださいね！」

小春は慌ててスマホを取り出す。すると、彼の言った通りに涼から連絡が来ていた。結構長いメッセージだったのだがその内容を要約すると、『今日は急な仕事が入って迎えにいけなくなったから、そっちに秘書の柳川を送った。彼にマンションまで送ってもらってくれ。勝手に一人で帰らないように』というものだった。

「来ていましたか？」

「あ、はい！」

「ということなので、帰りましょう。車のほうは会社の駐車場に置いていますから」

淡々とそう告げ、大樹はつま先を会社の出口のほうへ向けた。小春も彼に促されるように会社を出る。

彼の車は言葉通りに会社の駐車場に停まっていて、助手席のドアを開けてくれたので、小春は素直にその席へ乗り込んだ。

大樹は運転席へ乗り込むと、すぐさま車を発進させる。

それからしばらくは会話がなかった。大樹は、不機嫌というわけでも、小春のことをあえて無視しているというわけでもなく、どうやら無駄口は叩かない性格のようだった。

小春は隣で車を運転する大樹をじっと見つめたあと、意を決したようにこう口にした。

「えっと、涼さんの秘書って柳川さん以外に誰かおられるんですか？」

「私以外にですか？　いませんよ。副社長の秘書は私一人だけです」

「そうなんですね」

（ということは、涼さんの恋人ってこの人!?）

確認したかったのはその事実だった。

弟の悠介から聞いた、涼の恋人の情報は『男性であること』と『彼の秘書であること』の二つである。大樹ならばその条件にピッタリだ。しかも大樹は涼のことを時折『彼』や『あの人』と呼ぶ。普通の副社長とその秘書にしては若干距離感が近いと思ったのだ。

話のきっかけが見つかったからだろうか。それともたまたま興が乗ったからだろうか。大樹は車を運転しつつも、小春に向けて口を開いた。

「実は、うちの会社では慣例的に副社長には二人の秘書をつけることになっているのですが。もう一人の秘書は副社長についた数日後に少し問題行動を起こしてしまい、辞めてしまったので。それからは私一人が秘書として働いています」

「問題行動？」

「辞めてしまったのは女性の方で、以前からずっと秘書として働いている方だったのですが。どうやら副社長に惚れてしまい、彼の家に侵入しようとした結果、警備員に捕まったらしいんです」

「わぁ……」

それは純粋に引いた声だった。滅多に出ない小春のドン引きした声である。

自分も結構厄介な人間を引き寄せがちだが、涼は涼で厄介な人間に縁がある。少なくとも小春は自分の家に侵入しようとするストーカーなんて今のところお目にかかったことがない。

大樹は頬を引きつらせる小春に、さらに追加の情報を投下してくる。

「しかも、捕まった時に相当抵抗したらしく、自分は副社長の恋人だと泣き叫んで騒ぎになってしまい、すぐにそこのマンションを引き払う羽目に……」

「……」

「ほんと、あの人は昔っから、ああいうのに付きまとわれやすいんですよね……」

彼は最後にそう言って肩をすくめた。

その顔はすごく穏やかで、小春の『大樹はもしかしたら涼の恋人なのかもしれない』という考えをあと押しする。

「昔からって、柳川さんはいつから涼さんと付き合ってるんですか？」

「そうですね。かれこれ中学生の時からの付き合いになるので、もう二十年ぐらいは経っていますかね」

「そんなに昔から……」

「二十年前は、自分たちがこんな関係になると思いませんでしたけどね」

そこで初めて大樹の顔に笑みが浮かんだ。今までは表情なんてないし、感情もどこかに置き忘れたかのような顔をしていたのに、涼との昔話になった途端、彼の表情は豊かになったのだ。そんな彼の表情を小春は目を見開きながら呆然と見つめて、そして一呼吸おいたあとに、落ち込んだように少し視線を下げた。

（私じゃ、敵わないな……）

中学生からの絆なんて、強い。本当にもう強すぎる。

恋人同士になったのはそれよりもっとあとだろうが、それでも出会って一ヶ月も経っていない小春が敵うはずもない。

「涼さんって昔はどんな人だったんですか？」

「昔といっても今とそんなに変わりませんよ。頑固で、負けず嫌いで、仲間想いで、誠実で、楽しいことが大好きで、だけどひたすらに女運がなくて。それでも性格的に人に優しくしかできないものだから、厄介ごとも増えていって……」

そこには小春の知らない涼がいた。いや、知っているのかもしれないけれど、知らない面も多い。優しくて誠実なのは知ってはいるが、頑固で負けず嫌いなのは初耳だし、仲間想いなんだろうなとは思っていたが、それに関するエピソードは知らない。つまり、小春は涼のことをほとんどなにも知らないと言っても過言ではないのだ。

「いろんな、涼さんを知ってるんですね……」

小春は感想としてそう言ったつもりなのだが、口から出たその音は思ったよりも刺々《とげとげ》しかった。まるで拗ねた子供のような声である。

小春もそんな自分の態度に気がついて、慌てて言い繕った。

「あ、あのこれはそういうことではなくて、ですね！　羨ましいなぁとか思ってないわけじゃないんですが、えっと、純粋な感想としての『知ってるんだなぁ』って感じで！」

自分でもなにを言っているのかわからない。こんなの聞いている大樹はもっとわからないのではないのだろうか。そんな彼女の予想通りに、大樹は少しキョトンとしたあと、思わずといった感じで、ぷっと噴き出した。

そして口元を押さえたまま肩を揺らしだす。

「あ、あの……」

「すみません。あまりに必死な様子なので、つい」

小春は眉尻を下げたまま「ついって……」と情けない声を出した。

そんな彼女に大樹は唇を引き上げる。

「それでしたら、涼さんのこと色々教えましょうか？　中学生から今に至るまでのあらゆることを」

「え？」

「知りたいんでしょう。彼のこと」

「……いいんですか？」

思わぬ申し出に小春は目を輝かせてしまう。涼のことを知りたいと思っていたのだ。

というか、大樹を羨ましく思っていた。中学生の頃から彼を知っていて、現恋人である大樹。きっと涼のことで、彼の知らないことはなにもないのだろう。

明らかに声色が高くなった小春に、大樹は機嫌のよさそうな声を出す。

「構いませんよ。私が知っていることをお教えするだけなので、こちらに不利益はありませんし。それに、貴女にならなにを教えても怒られないでしょうしね」

「そ、それなら！」

よろしくお願いします！

そう言いかけて、小春は口をつぐんだ。

（ちょ、ちょっと待って、そんなことしていいのかな……）

出会ったばかりの時ならいざ知らず、小春はもう涼のことが好きなのだ。それなのに、恋人である大樹からそんなふうに情報を引き出すような真似をしていいのだろうか。

大樹は小春の気持ちを知らないから気軽にそう申し出てくれているのかもしれないが、知ってしまったら話は別なのではないだろうか。

というか、自分が逆の立場なら嫌だ。正直に打ち明けられてすごく頼まれたら教えてしまうかもしれないが、基本的には嫌である。

小春は胸の前でぎゅっと手を握りしめたあと、声を張った。

「あ、あの柳川さん！　実は私、す、す、す、好きなんです！」

「は？」

「私、涼さんのことが好きなんです！」

大樹は一瞬大きく目を見開いたあと、「あぁ、なんだそっちですか」と安心したように息をついた。なにが『そっち』で、彼の結論がどっちになったのかはわからないが、ちゃんと小春の気持ちは正しく伝わったようだった。

「それにしても初耳ですね。そんなことを言われたのなら、涼さんから私にもなにか報告があると思っていたんですが……」

「えっと、実は涼さんにはまだ言ってなくて！」

「そうなんですか？」

「……はい」

というか、気持ちを告げる予定があるのかないのかもはっきりしていない状況だ。もしかすると気持ちを胸に抱いたまま墓場まで持っていくという可能性もある。しかし、そんなことを恋敵に言ってしまうほど小春はまだ涼を諦めきれていなかった。

「それで、あの、こんなことを言っておいてなんなんですが！　それでも私に涼さんのお話を聞かせてもらうことはできるでしょうか？」

大樹はしばらく目を瞬かせたあと、「なに言ってるんですか。当たり前ですよ」と頷いた。

そのあまりの呆気なさに、小春は勢いよく食らいつく。

「で、でもでも！　私、涼さんのこと好きなんですよ？」

「はぁ……」

「好きってあれですよ？　恋愛対象としての、好き、ですよ？」

「まぁ、そうでしょうねぇ」

なんというか、どこまでも温度が低い。本当に付き合っているのか疑ってしまうレベルで興味のない相槌《あいづち》しかしない。

小春はさらに踏み込んだ質問をした。

「あの、おこがましいことを承知で聞くんですが！　涼さんを取られてしまうとか、その、考えないんですか？」

その問いに大樹はしばらく時が止まったかのように固まった。そして、まるで風船が弾《はじ》けるように大笑いを始めた。

肩を震わせ、お腹を押さえているその姿は、爆笑、と言ってもいいぐらいだろう。

彼はひとしきり笑い終わると、「すみません。馬鹿にしたわけではないんですが……」と目尻の涙をふいた。そして、先ほどと変わらぬ声色に戻り小春にこう告げた。

「安心してください。『取られる』なんて少しも考えていませんから。というか、取るってなんですか。全く、変な人ですね」

「余裕なんですね」

「余裕というか……。まぁ、そういうことにしておきましょうか」

大樹は歳の離れた妹を見るような視線を小春に向けたあと、車を停めた。

気がつけば、マンションの駐車場までいつの間にかたどり着いている。

彼は車から降りることなくハンドルに少し身体を預けて、小春を覗き見た。

「それで、私のほうはかまいませんが、小春さんはどうしますか？」

「えっと。それじゃ、お願いしてもいいですか？」

「いいですよ。……それじゃ、先ほど渡した名刺は持っていますか？」

「え？　あ、はい！」

小春は大きく頷くと、ポケットに入っていた大樹の名刺を取り出し、彼に渡した。

大樹は返してもらった自分の名刺の裏になにやら書き込んで、小春にもう一度手渡した。

「私の個人的な連絡先です。表の連絡先は仕事用のものですからね。別に連絡を数回いただくだけならそちらのほうでも構わないんですが、数回じゃ済まないでしょう？　きっと」

「そう、ですね……」

聞きたいことは山ほどある。きっと数回連絡するぐらいでは追いつかないだろう。だからその気遣いは純粋に嬉しかった。

「公私混同はあまり褒められたことじゃないですからね。先ほどのことで連絡をするならこちらのほうの連絡先を使ってください」

「わかりました！」

「ちなみにいつ連絡してきても構いませんからね？」

その言葉を最後に彼は車を降りて、助手席のドアを開けた。そして小春に手を差し出してくる。

小春はその手に掴まりながら、一つの疑問を投げた。

「どうしてそんなによくしてくれるんですか？」

「そうですね。お二人が仲よくしてくれると、私にとってもありがたいからですかね」

「ありがたい？」

「お二人がこのまま無事結婚してくださったら、私が社長からお世継ぎ問題でどうのこうの愚痴られることもなくなるでしょうし……」

「あ、子供……」

つまり、自分の代わりにちゃんと子供を作ってくれる人間として、彼も小春が必要なのだ。だから親切にしてくれるし、協力もしてくれる。

確かに二人の関係が良好なほうが、子供を作るにしても、育てるにしても、最適だ。

一人で納得する小春を置いて、大樹はもう一度車に乗り込んだ。そして、窓を開けると小春にこう声をかけた。

「それでは、またいつでも連絡してきてくださいね」

「わかりました！　ありがとうございます！」

小春が深々と頭を下げると、大樹はふっと笑って窓を閉めた。

そして車は走り出し、あっという間に見えなくなってしまった。

◆◇◆

小春の様子がおかしい。

涼がそのことに気づいたのは、大樹に小春を送らせてから一週間後のことだった。

小春の心のほうもだいぶ回復しているようで、少し前までは涼と一緒にいても夜道は歩けなかったが、今では誰かと一緒ならばそんなに過度に怖がることなく夜道を歩けるようになっている。それでももちろん、会社から帰ってくる時は涼が一緒に付き添っているし、彼がどうしてもスケジュール的に無理という話ならば、タクシーを使うか、前のように大樹を迎えに行かせるという話はしている。まだ事件現場は恐ろしくて近寄れないらしいが、涼が引っ越しを提案すると「それは大丈夫です」と気丈に言うので、彼女なりになんとか折り合いをつけようとしているようだ。

そんなこんなで日常を取り戻しつつある二人だったが、涼の心にはそれとは別の暗雲が立ち込めていた。

それが先ほどの……

『小春の様子がおかしい』である。

涼の目の前には、楽しそうにスマホの画面に指を滑らせる小春がいる。悪いと思いながらも後ろから少し覗いてみたところ、彼女がしきりに使っているのはメッセージアプリだということがわかった。しかしながら相手の名前を見るほどの余裕はなく、ただ彼女の様子からなんとなく相手は男なんじゃないかと涼は予想を立てていた。

なぜなら……

「小春ちゃん、誰と連絡取ってるの？」

「りょ、涼さん!? 大丈夫です！ 涼さんにはなんの関係もない相手ですから！」

とあからさまにスマホを隠すのだ。しかも、その頬はほんのりと赤い。

さらには――

「私ちょっとお風呂行ってきますね！」

そういう時にもスマホを必ず持っていくのだ。今まではそんなことなど全くなかったのに、急に、である。

しかも、毎夜彼女はそのメッセージの相手と電話をしているようなのだ。彼女の部屋からもれ出てくる声は本当に楽しそうで『そうなんですね！』『知らなかったー！』などという声とともに、弾《はじ》けるような笑い声まで聞こえてくるのだ。

メッセージを交わしている時もとても楽しそうだし、嬉しそうだ。

あんなことがあったあと、彼女が楽しそうに笑っていることは素直に嬉しいことだが、その笑顔を引き出したのが自分でないことに、涼はどうしようもないやるせなさを感じていた。

（これは、浮気になるのだろうか……）

涼は今日も楽しそうにスマホに指を滑らせる小春を眺める。

自分たちは別に愛し合っているわけではない。結婚前提に同棲はしているけれど、自分がそうなるように囲ったわけだけれど、心を交わしたのかといえば、それはＮＯだし、涼の片思いだと言われればそれまでだ。

しかし、ここ最近の彼女の言動は涼のことを憎からず思っている人間のそれだった。言葉で確かめ合ってはいないけれど実は同じ気持ちなのではないかと涼は考えていた。けれどももし、小春のメッセージ相手が男性だった場合、涼の考えは勘違いということになる。つまり、小春は涼のことを好きでもなければ、恋愛相手としても見ていないということになるのだが……

（やばい、落ち込んできた）

涼は食卓テーブルの上で頭を抱えた。

こんな状態では浮気もなにもないだろう。というか、小春のことをどうこういう権利を涼は有していないのだ。

（というか、相手が本当に男で彼女と両思いだった場合、俺たちの関係はどうなるんだ？）

小春がこの結婚を受けた理由は『伯父にこれ以上迷惑をかけないため』と『男性が苦手な小春にとって、涼が無害そう』だったからだ。他にも『伯父が勧めてきた相手だから』とか色々細々《こまごま》とした理由はあるだろうが、基本的にはそれだけである。

つまり、結婚相手が涼である必要性はそこにはないのだ。あるとすれば二番目の『男性が苦手な小春にとって、涼が無害そう』だが、自分が小春にとって無害ではないとこは自分自身が二度にわたり証明しているし。そもそも相手の男性のことを小春が受け入れることができるのなら、そんな理由など消し飛んでしまう。相手が相当な前科者とかならば話は別だが、そもそも小春はそういう人間を選ばないだろう。

（つまり、俺は捨てられる……）

行き着いた結論に、涼は青くなった。

浮気とか言っている暇はない。

（とにかく、相手が誰なのか探らないと！　話はそれからだ）

しかし、相手がどこの誰なのかを探る手段が涼にはなかった。最終手段として彼女のスマホのロックを解除して相手を特定するという方法はあるが、それはもうどうにもならなくなった場合の最終手段だ。そんな相手のプライバシーを侵害するようなことを、涼はできるだけしたくなかった。というか、それをやってしまうとさすがに嫌われてしまう気がする。小春のプライバシー云々ももちろんあるが、涼は正直それが一番怖かった。

「あの、涼さん」

「ん？」

不意に話しかけられ、涼は顔を上げた。なんてことない表情を顔に貼りつけるが、ちゃんといつもの顔が作れていたかどうかの自信はない。そんな涼の心配をよそに、小春はもじもじと自身の指先を弄《もてあそ》んでいた。どうやらなにか話したいことがあるらしい。しかも、この感じはおそらく涼に言いにくいことだ。

「今週末、友人と遊びに行こうと思っていて、その、家を空けるんですが、いいですかね？」

「あぁ、うん。もちろんいいよ」

どうしてそんなことを聞くのかと思ったが、そういえばこの部屋に来てから小春は一人でどこにも遊びに行っていなかった。週末は基本的に二人で平日にできなかった家事をこなしていたり、生活に必要な雑貨等の買い出しに行っていたので、彼女が一人で出かける隙がなかったのだ。

涼としては別にそれを咎《とが》める気も止める気もないので、好きにしたらいいという感じなのだが……

「その友人って……昔からの知り合い？」

最初は「その友人って女性？」と聞こうと思ったのだが、それはなんだかあからさますぎる。こういう聞き方にするしかなかったのだ。

その質問に小春は少し考えたあと、ちょっと俯いた。恥ずかしがっている様は大変可愛らしいのだが、この状況と掛け合わせると最悪で、凶悪だ。

「えっと、最近知り合った人で。あの、まだそんなに親しい間柄ってわけじゃないんですけど……」

（つまりこれから仲よくなりたい相手ってことか……）

もじもじとしながら答える小春を前に、涼は脳内で頭を抱えた。

今の答えで確信した。小春が数日後に会うのは、きっと例の間男だ。小春の気持ちによってはこっちが間男になってしまうのだが、こっちは一応『付き合っている』のだ。恋人同士だとは胸を張って言えないが、現段階では少なくとも向こうよりは本命に近い位置にいるはずである。

涼は頬を引きつらせながら、間男の情報を引き出そうとする。

「その人となにしにいくの？」

「えっと、プレゼントを選んでくれるというので……」

「プレゼント……」

「あ、違います!! その! 今のは忘れてください!」

頬を真っ赤に染め上げて彼女は顔の前で手を振る。

涼は堪えきれず顔を覆った。

もうすでにプレゼントを贈り合う仲という事実が心にボディブローをかましてくる。涼なんてプレゼントなんて贈った覚えもなければ、もらった覚えもない。自分だってプレゼントを贈っていいのならば、小春にいくらでも贈りたかった。しかし、そんなことをして下心が透けて見えてしまうのは本末転倒だ。以前大樹に『ネックレスかブレスレットでも小春ちゃんに贈ろうかと思うんだが……』と相談したところ『付き合ってもいない男からいきなり貴金属を贈られるのって、普通に考えて恐怖じゃないですか?』と言われたので思いとどまったのだ。

それでもなにかを贈りたくて三日に一度は花を買って帰っているのだが、小春本人は『涼さんってお花好きなんですね』と自分に贈られているとは全く思っていない様子で受け取っていた。そのおかげでリビングにもお互いの寝室にも花が溢れている。

こんなことなら、あの時日和《ひよ》らずに渡しておけばよかったと後悔した。

「えっと、涼さん、大丈夫ですか?」

「あぁ。ちょっとめまいがしただけだから大丈夫」

「ええ⁉　それって本当に大丈夫ですか⁉　あの、あれだったら予定もキャンセルして——」

「いいよ。俺のことは気にしないで行ってきて！」

「でも……」

「いいからいいから！」

アカデミー主演男優賞ものの演技だ。少なくとも、自分の中では。

涼が小春に外出を勧めたのには、ちゃんとわけがあった。

（これは相手がどこの誰かを知るチャンスだからな）

彼を知り己を知れば百戦殆《あやう》からず、である。

まずは相手を知らなければ倒すものも倒せない。倒すのか倒されるのかそれはわからないが、こちらとしては倒す気満々だ。ここまで囲ったのに、わざわざ離すつもりはない。相手のことを考えて身を引く潔さなんか、こっちは持ち合わせていないのだ。

（というか、もう人のこと、言えないな……）

今まで激しく言い寄ってくる女性たちを白い目で見ていたが、自分がその立場に立ってやっと彼女たちの気持ちがわかるようになってしまった。

（今回だけだから、ごめん小春ちゃん！）

「それじゃ、お言葉に甘えて行ってきますね」

「うん。楽しんできてね！」

涼の企みを知らない小春は嬉しそうに笑った。

そして数日後。小春の外出に無断でついていった涼はとんでもないものを目撃してしまう。

「あれは──」

駅前には可愛らしく着飾った小春。そしてそんな彼女に片手を上げて近づくのは……

「はぁああぁ!? 大樹!?」

「え？ 涼さん？」

「涼さん!?」

思わず声を上げてしまった涼に、振り返る小春。

そして、少し驚いたように目を見開く私服姿の大樹の姿が、そこにはあった。

◆◇◆

小春は、一世一代のピンチを迎えていた。いや、正確に言えばこれは小春のピンチではない。しかしこの状況を作り出してしまったのは他でもない彼女で、彼女にはこの修羅場をなんとかする義務があった。

「えっとこれは、どういう状況だ？」

「えっと……」

そこは駅近くのカフェだった。駅前にできた比較的新しいカフェで、小春は以前から行ってみたいなぁと思っていた場所なのだが、今は内装やメニューを楽しんでいる余裕はなかった。

目の前には青い顔をした涼がこちらをじっとりと見つめており、隣にはなぜか堂々とコーヒーを啜《すす》る大樹の姿がある。

小春はそんな二人に挟まれてオロオロと視線をさまよわせていた。

（な、なんとか誤解を解かないと！）

誤解というのはもちろんこの状況だ。

きっと涼は小春と大樹の仲を勘違いしているに違いない。小春はどう疑われてもあまり痛くないのだが、大樹は涼と恋人同士だ。探られて痛い腹というわけではないが、探られること自体が関係性的にはまずいだろう。

小春は意を決したように声を上げる。

「あの――！」

「どうして大樹と小春ちゃんが個人的に連絡を取り合っているんだ」

「どうしてって、そりゃ連絡先を交換したからに決まってるでしょう?」

「いっ!」

「この前車で送った時に、です。私から渡しました」

全く話に割って入る隙がない。

涼は小春のほうを一切見ていないし、大樹も小春に視線を合わせようとはしない。物騒な意味で、これはもう二人だけの世界である。

涼は悔しそうな顔で奥歯を噛み締めた。

「二人はいつからそういう関係なんだ?」

「いつからといえば、連絡先を交換した時からですね」

「そんなに意気投合したのか⁉」

「まぁ、そういうことになります」

涼が勘違いをしていることは大樹にだってわかっているだろう。それなのに全く否定する様子を見せない彼に、小春は声をひそめた。

「あ、あの、柳川さん。どうしてそんな誤解を招くような発言を?」

「だって面白いじゃないですか。涼さんのあんな顔、なかなか見れませんよ?」

「それはそうかもしれないですけど……」

確かに、あんなふうに焦っている涼の顔なんてなかなかお目にかかれない。彼はいつも堂々としているし、怒りに対して柳のようにしなやかに対応しているような雰囲気がある。

しかし、珍しい顔が見たいからと言って勘違いを助長させるのはどうなのだろうか。

嘘をついているわけではないが、あんな言い方をすれば勘違いしてしまうのは当然のことだし、涼だって大樹の気持ちが離れて行ったのではないかと不安になってしまうだろう。

（いくら涼さんの気持ちが自分から離れないって自信があるにしても……）

なんだかこれはちょっとかわいそうだ。

そう思っている隙に、大樹はさらに涼に喧嘩をふっかける。

「というか、女性の外出に黙ってついてくるって、あなたそこまで重い人間でしたっけ？」

「重いとか言うな！　俺は重いんじゃなくて、余裕がないんだ！」

「余裕がないのも相当ですね……」

「うるさい！」

思わずといった感じで涼は立ち上がる。しかし、すまし顔でコーヒーを飲む大樹を見て、もう一度腰を落ち着けた。

なんというか……

（慣れている？）

二人とも喧嘩し慣れている感じがする。元々幼馴染なのだから喧嘩の一つや二つしたことがあるのは当然だろう。だとしても今の二人の関係は恋人同士なのだからもうちょっと、こう、甘い雰囲気があってもよさそうなものだ。

「というか、お前にはがっかりだ！　俺の気持ちを知っていてそういうことをする人間だとは思わなかった！」

「思わなかったって、長々と手をこまねいている貴方が悪いんじゃないですか？　私の前ではあれこれ話す癖に肝心の本人にはなにも伝えていないなんて、ほんと奥手ですよね。というか、奥手すぎて逆に引きますよ。恋愛初心者ですか、貴方は」

「お前、言いたい放題言いやがって……！」

「言いたい放題言われるのが悪いんじゃないんですか？」

ケンカップルは良いのだが、なんだか怒りのボルテージが上がってきている気がする。涼はずっと怒っているし、大樹はずっと煽《あお》っているしで、全く落ち着く暇がない。

もうちょっとちゃんと話し合わなければ、最悪の事態も——

そんな可能性が頭をよぎったその時、涼がとうとうその言葉を口にした。

「もういい！　お前とは絶交だ！　しばらく顔も——」

「待ってください！」

小春は立ち上がった。そして、声を張る。

「涼さん、誤解なんです！　私と柳川さんはそんな仲じゃなくて！」

　本当は敵に塩を送るようなことはしないほうが良いのだろう。このまま涼と大樹が別れてしまえば小春にもチャンスが巡ってくるわけだし、放っておくほうが得策だ。しかし、小春にはそんなことなど考えられなかった。というか、思いつきもしなかった。

　大樹と別れたらきっと涼は傷ついてしまうだろう。そんな傷ついた涼を見たくない。悲しませたくない。それが小春の背中を押していた。

「小春さん、もうちょっと黙っていても大丈夫ですよ」

「大丈夫じゃないですよ！　涼さんがかわいそうすぎます！」

　大樹の静止を無視して、小春は机に手をついたまま前に身を乗り出す。そして、店内中に響き渡るような大声を出した。

「涼さん、柳川さんは浮気なんかしていません！　私ともなんの関係もありません！だから別れないであげてください！」

「え？」

「ん？」

　その言葉に首を傾げたのは涼だけではなかった。隣の大樹も涼と同じように目を点にしている。二人のキョトンとした視線に小春は目を瞬かせた。

　涼は小春を見上げながら困惑したような声を出した。

「別れる？　誰と誰とが？」

「涼さんと柳川さんが……？」

「……小春さん、なにか変な勘違いしていませんか？」

大樹にもそう言われ、小春は「え？」と間抜けた声を出した。


それから十分後――

「私とこの人が恋仲!?　どうやったらそんな勘違いができるんですか！　あり得ないでしょう！」

三人それぞれの誤解が解けて最初にそう声を上げたのは大樹だった。彼は最初に会った時のように腹を抱えながら、一人笑いを堪えている。

「確かにそういう噂もありますが、まさか本当に信じている人がいるだなんて！　私と涼さんが、恋人、どうし、って！」

「お前、笑いすぎだぞ？」

「すみません、涼さん。私、恋愛対象は女性なんですよ」

「なんで改めて言うんだ！　俺が振られたみたいになるだろうが！」

その言葉に大樹は笑いすぎて痛くなった腹を抱えるように身体を折り曲げた。

一見クールそうに見える大樹だが、もしかしたら結構な笑い上戸なのかもしれない。

小春はそんなふうに思いながら彼のことを眺めて、次に涼に視線を移した。

「えっと。な、なんかすみません」

「いや、小春ちゃんが謝ることじゃ」

「でも、私が一人で勘違いして……」

正確に言えば、彼女の弟――悠介も勘違いしているわけだが、彼が勘違いしているのと、小春が勘違いしているのとでは被害に差があるわけで……。

（やっぱり私のせいよね……）

よく考えもせずに、悠介の情報を鵜呑《うの》みにした。ちゃんと調べればわかるはずなのに、その手間を怠《おこた》った。それが今の事態を招いているのである。

小春はしゅんと肩を落とした。

「それで結局、どうして二人は今日出かけることにしたんだ？」

「それは……」

「小春さんから『誕生日プレゼントを買いたいから一緒に選んでほしい』って言われたんです。なので、私はただの付き添いですよ」

涼の問いに答えたのは大樹だった。

その答えに涼は大きく目を見開き、小春のほうを見た。

「誕生日プレゼント？　近々誰か誕生日なの？　言ってくれれば俺が……」

「貴方と一緒に行けるわけないじゃないですか」

「は？」

「もしかして覚えておられませんか？　今月、涼さんの誕生月ですよ」

言われた瞬間、涼は固まった。そして、少し考えたあとスマホを取り出し、カレンダーアプリを起動させる。そのアプリをじっと眺めたあと、彼の視線は二人に戻ってきた。

「忘れていた……」

「だと思いました」

呆れたような大樹の声に、小春も苦笑を浮かべる。

「柳川さんから今月末が涼さんの誕生日だって伺って。でも私、涼さんの好みがわからなかったので、『一緒にプレゼントを探してほしい』と連絡を……」

「あぁ、だから『プレゼント』……」

涼は妙に合点がいったように頷いた。

「せっかくサプライズ誕生日会をする予定だったのに。計画が全て水の泡ですよ」

口を尖らせる大樹に、涼はわずかに頭を下げながらそう謝った。

「なんか、すまなかった」

少し呆然としているように見えるのは、二人が会っていた理由が自分自身にあったからだろう。彼は三十分ほど前まで、小春と大樹は付き合っているのではないかと疑っていたのだ。無理もない話である。

黙ったまま俯く涼と、どうしたらいいのかわからない小春を置いたまま大樹は立ち上がった。そして、残っていたコーヒーを飲み干す。

「まぁ、いいです。おかげで私も時間が空きましたしね」

「え、ちょっと！」

「どこ行くんだ？」

「時間が空いたので、映画でも観て帰ろうかと思いまして」

「ええっ！」

今日のお出かけは中止ということだろう。それはわかる。サプライズを仕掛けようとしていた本人にばれたのだ。これはもう根本から考え直さなくてはならない。けれど、涼の誕生日は刻一刻と迫ってくるのだし、根本から考え直したとしてもプレゼントは必要だ。そして小春は、涼がなにを必要としているのかやっぱりよくわからない。

「あ、あの、プレゼントは……」

「小春さん。結局のところその人が欲しいものなんて、その人にしかわからないんですよ。ですから、直接聞くのが一番早いです」

「直接……」

小春は涼を見る。すると、涼もちょうど小春のほうを見ていたようでピッタリと目が合った。目が合うなんていつものことなのに、なんだかそれが妙に恥ずかしくて、小春は視線を逸らしてしまう。

大樹は立ったままそんな二人の様子を眺めたあと、つま先を入口のほうへ向けた。

「ということで、失礼しました。お会計はよろしくお願いしますね！」

最後の言葉は涼に向けて放たれたものだった。

大樹が去っていったあと、二人もカフェをあとにした。騒いでいた、というほどではないが、大声を出したのは事実だし、なんとなく居た堪れなくなったのだ。

二人はしばらく無言のまま、行くあてもなく歩いていた。

小春はなにを話していいかわからなかったし、涼も二人の関係を疑ってしまった後ろめたさもあったのだろう。しかし、無言のまま時間が過ぎるのを待つというのもなかなかに耐え難い。

そんな拷問のような沈黙に、根負けしたのは涼のほうだった。

「なんか、ごめん。二人の……というか、小春ちゃんの計画を潰してしまって」

「そ、そんな！　涼さんが謝ることでは！　私が勘違いさせるような言動をしてしまったのが原因なので、その……」

「いいや、俺が……」

そしてまた、しばしの沈黙。

しかし、こんなことばかりしていられないと小春は口を開く。

「あ、あの、涼さんはなにか欲しいものはありませんか？　いつもお世話になっているので、その、なにかあげたいなぁって思っていたんですが！」

「なにか？」

「はい！　高価なもの……となると難しいんですが、できるだけ頑張らせていただくので、ぜひお聞かせ願えないかと！」

胸の辺りで拳を二つ作り、身を乗り出しながら彼女はそう力説する。

そんな小春に涼は噴き出した。

「なに、その喋り方」

「あはは……、緊張しちゃうと営業先にお願いしにいく時みたいになっちゃいますね」

そのやり取りで緊張が解《ほぐ》れたのだろう、二人は家にいる時のように話し出す。

「プレゼントか。そうだな……特には思いつかないんだけど……」

「そう、ですか……」

「少し時間をもらってもいいかな？　その、こういうことを聞かれるとは思ってなかったから、なにも考えてなかったというか……」

「わかりました！　それじゃ、楽しみにしていますね！」

「楽しみにするのは俺なんだけど？」

「私、涼さんにプレゼント贈るの楽しみですよ？」

小春が小首を傾げると、涼はふっと表情を和らげた。

「そっか。ちなみにさ、大樹から『こんなんがいいんじゃないか』ってのは、なにか聞いてる？　あいつ、俺より俺のこと詳しい節があるから、よかったら参考にしたいんだけど」

「えっと、一応言われてますけど……」

「え。なに？」

「多分冗談だと思います。涼さんが絶対に喜びそうにないものなので……」

小春は少し恥ずかしそうに俯きながら、以前大樹とした電話の内容を思い出す。

『小春さんが自分自身の頭にリボンをつけて「私がプレゼントです」ってやれば、涼さんはそれが一番喜ぶと思いますよ？』

（それは、ない！）

そんなことをして涼が喜ぶとはとても思えないし、そんな彼の様子など想像もできない。小春だってそんな自意識が限界突破したようなことはできない。プレゼントとしてはまず考えられない候補である。

（というか、そんなことをしたら、喜ばれるよりも引かれて嫌われちゃいそう……）

そんなことになったら元も子もない。別に好かれるためにプレゼントを贈るわけではないが嫌われたいわけではないし、喜んでもらえないのは本末転倒だ。

「まぁ、アイツは昔から、人のことをおちょくるのが好きだからな……」

ある程度の想像がついたのだろう。彼はそう言って納得してくれた。

「とりあえず、欲しいものが決まったら教えてください」

「うん。考えておくね。……ところでさ、もう一つ聞きたいことがあるんだけどいい？」

「はい？」

どこか話しにくそうに視線を逸らしながらそう言う彼に、小春は目を瞬かせる。

「小春ちゃんと大樹が連絡先を交換したのは、小春ちゃんが俺のこと知りたかったからなんだよね？」

「はい」

「ということはさ、その。俺は少しくらい期待しても良いのかな？」

「へ。なにがですか？」

一瞬プレゼントのことかとも思ったが、どうにもニュアンスが違う気がする。プレゼントのことなら、こんなに言いにくそうにしないだろうし、頬をわずかに染めもしないだろう。

よくわかっていない小春に涼は言葉を選ぶ。

「君が俺のことを知りたがっているということは、その、俺のことを多少は意識してもらっていると捉えていいのかなって、思って……」

「え？」

「君は俺に好意を持っている……のかなって……」

瞬間、小春の身体を流れる血液は沸騰した。それに伴うように頬が赤くなり、ピンと小春の背は伸びる。

「君は、俺のことが好き？」

真正面からそう聞かれ、小春は視線を下げた。

「えっと、は、はい……」

「それはさ、恋愛の？　それとも友情の？」

「れ、恋愛かな、とは……」

「そう」

涼は口元を押さえ、小春から視線を逸らした。その様子に、小春はしばらく固まる。そして、少し考えたのちに気落ちした声を出した。

「……もしかして、ご迷惑でしたか？」

「迷惑って、なんでそうなるの？」

「だって、あの。お二人の関係が誤解だとしても、私と涼さんの関係が変わるわけではないので……」

涼と大樹が恋人同士でないからといって、小春と涼が恋人同士になったわけではない。話によると女性が苦手というのも事実のようだし、小春の気持ちが迷惑だという可能性は十分にある。

というか、十中八九迷惑だろう。彼が小春を隣におく理由の一つに、男性が嫌いというのがあったはずだ。つまり、自分のことを好きになるはずのない相手だからそばに置いていたということである。

(そうだ。なんでそんな簡単なことに気がつかなかったんだろう……)

自分で思っている以上に、涼と大樹が恋人関係ではなかったことに小春は喜んでいたらしい。

小春は視線を下げたまま、先ほどよりも幾分か冷静になった頭で言葉を選ぶ。

「もしご迷惑だったら、言ってください！　その、涼さんに迷惑がかからないように頑張りますから」

「頑張る？」

「できるだけ、その、早く気持ちを忘れるように、……がんばり、ます」

最後の言葉は小さくてよく聞き取れなかったかもしれない。

しかし、意味は通じたようで、涼は大きく目を見開いた。

「すぐには、無理かもしれませんが……」

本当はそんなことなどしたくない。気持ちを受け入れてもらえなくても、返してもらえなくても、自分でこの気持ちを殺すようなことはしたくなかった。だって、大切な気持ちなのだ。初めてとは言わないが、もう自分には芽生えないだろうと諦めていた感情で。心の底から溢れてくるようなこの気持ちを大切にしたいと、小春は考えていた。それがたとえ、誰にも受け取ってもらえない行き場のない感情だとしても……

「その必要はないよ」

小春はその言葉に顔を上げる。

涼の表情は真剣そのもので、小春の胸をざわめかせた。

(必要がないってどういうこと?)

気持ちを忘れる努力をしなくてもいいということだろうか。それはつまり、小春のこの気持ちが迷惑ではないということだろうか。けれど、涼にとって『女性に好かれる』というのはあまりいいことではないだろう。彼が求めているのはビジネスライク的なパートナーであって、小春が彼に求めているパートナー像とはきっとすごくかけ離れている。

つまり——

「それは、その、私との同棲は解消ということでしょうか?」

別の相手を見つけるから、その気持ちを消さなくていいということだろうか。

もう好きにしろ、と。別に自分には関係ないのだから、と。

涼の隣に別の人間が並ぶ姿が頭の中に浮かび、小春はしゅんと項垂《うなだ》れた。鼻の奥がつんとして、目尻にじわじわと涙が浮かんでくる。

「ち、違う違う！」

「え？」

「なんでそうなるの⁉　俺は小春ちゃんとの同棲を解消する気はないし！　婚約だって！　あぁ、いや、この関係を婚約って呼んでいいのかわからないけど！　とにかく、今、俺たちの関係を変えるつもりはなくて……」

涼の説明は要領を得ない。

小春が困惑した表情で彼のことを見上げていると、涼は「あぁ、もう！」と髪の毛を掻きむしった。

「えっと、一度しか言わない……なんてことはないんだけど、それでもよく聞いてほしい」

「……はい」

「俺は小春ちゃんが好きだよ」

小春はその言葉に目を大きく見開いた。そして「う、そ」と言葉をもらす。

「嘘じゃない！　女性が苦手なのも、今まで避けていたのも本当だけど、俺の恋愛対象は女性だし、君が好きだ！」

「……」

「君が好きなんだ」

伝わるようにしっかりと。

彼の言っている『好き』が、小春と同じ『好き』だというのは、その表情を見ていてわかった。耳まで赤い顔に、真剣な瞳。だけどその奥には不安も見え隠れしている。

それでも信じられなくて、小春は「本当に？」と聞いてしまう。

そんな彼女に怒ることなく、彼は「本当に」とはっきり口にした。

「正直言うと、出会った時からいいなって思ってたよ。可愛いし、危なっかしいから、守ってあげたくなるなって。でも、あの時は本当に女性と恋愛する気はなかったし、そもそも言い寄ってきてる男から助けておいて今度は俺が言い寄るなんていうのもできなくて、諦めたんだ。それなのに、父に言われて無理やり行かされた見合いの席に君がいて……」

じわじわと感情が迫り上がってくる。そしてとうとう小春の目からぽろりとこぼれ落ちた。

涼は泣き出してしまった小春にひっくり返った声を上げた。

「こ、小春ちゃん⁉」

「ごめんなさい。……嬉しくて」

諦めなくてはならないと思っていた感情を手放さなくてもよくなっただけでなく、彼からも同じ気持ちが返ってくるとは思わなかった。そんな奇跡みたいなこと、起こると思わなかったのだ。

胸にじわじわと温かいものが満ちていくようで、小春の目からさらに涙がこぼれ落ちる。

小春は手で目元を拭った。

「あの、ごめんなさい」

「いいよ。泣き止まなくて」

涼はそう言うや否や小春を抱きしめてきた。ぎゅっと背中に手を回して。

彼女の涙は涼のシャツに吸い込まれて、わずかにシミを残した。

「そういう涙なら、もっと流して」

「え?」

「嬉しい、からさ」

涼は小春の耳元に唇を近づける。

「小春ちゃん、好きだよ」

「私も、涼さんのこと、好きです」

涙声で言ったその言葉に、涼は小春を抱きしめる。

「よかったら、俺と結婚を前提にお付き合いしていただけませんか？」

前に言ってきた時よりも重厚感のある響きで、彼は小春に懇願《こんがん》する。

「はい！　もちろんです」

小春の答えは決まっていた。


そのあと、小春たちはマンションに帰った。

本当なら電車を使うほうが早いのだが、なんとなく歩きたい気分だったのでそのまま歩いて帰ってきてしまったのだ。

家にたどり着いた時、二人の足はもうくたくたで、示し合わせることもなく同時にソファーに座り込んだ。そして、目が合って微笑み合う。

幸せな時間だった。

それから夕食をどうするか考えて、昨日の残りがあるからそれで済ませようかという話になった。外へ出て食べてもよかったのだけれど、この二人っきりの空間にできるだけ長い時間一緒にいたくて、小春がそう提案したのだ。涼も同じ気持ちだったらしく、考える間もなく賛成してくれた。

そして、夕食の時間までのんびり映画でも観ようかという話になったのだが……

「あのさ、小春ちゃん」

「はい？」

「その。勘違いしないでほしいんだけどさ」

言いにくそうに涼は口を開く。

「これはあくまで提案で、その、小春ちゃんが嫌なら嫌だって言ってくれていいし、俺はそう言う目的で小春ちゃんと付き合うわけじゃないってことはわかっていてほしいんだけど」

「どうしたんですか？」

なにを言いたいのかわからなくて小春が首を捻ると、涼はソファーの上にある小春の手を握ってきた。

「今日、したい」

「へ？」

「小春ちゃんが、そういうことがあまり好きじゃないってわかってるんだけど。気持ちが昂《たかぶ》ってて優しくできるかも自信がないけど。……俺はしたい」

切れ長の涼の目に小春が映る。

「我慢できない」

瞬間、ぶわっと汗が噴き出した。

彼の『したい』の意味がようやくそこで飲み込めたからだ。つまりそれは小春のことを抱きたいとかそういうことだろう。

小春だって涼に触れてもらいたいとずっと思っていた。だけど、我慢していたのだ。その理由は……

「涼さんこそ。そういうの、あまり好きじゃないんじゃ……」

「は⁉」

「だって、お風呂で身体触ってもらった時に、『関係ない』って。だから、私……」

「違う！　あれは小春ちゃんがその前に『控えてほしい』って言うから！　ああいうことは嫌なんだろうなって思って、その……」

「それこそ違います！　私はその、子作り、はちょっと考えてもらいたくて。行為自体を控えてもらいたいって言ったわけじゃ……」

二人は顔を見合わせる。

先ほどまで自分達にはもうすれ違いなんてないのだと思っていたが、またここでも変なすれ違いが起きていた。

小春は呆けたような涼の手をぎゅっと握り返した。そして、恥ずかしさを精一杯堪えた状態で彼をじっと見上げる。

「私だって、……涼さんに触ってもらいたかったです」

その瞬間、涼の目の色が変わる。そして、なにかスイッチが入るような音がした。

「きゃっ！　涼さん⁉」

小春が小さな叫び声を上げたのは、涼が彼女のことを抱き上げたからだった。

彼は小春の膝裏に腕を回したまま、リビングをあとにしようとする。

「あ、あの！」

「俺の部屋と小春ちゃんの部屋、どっちがいい？」

「え？」

「それともお風呂でリベンジする？」

リベンジという言葉に、状況に、先ほどまで話していた内容に、涼がなにを言いたいのか小春は理解した。体温がぐっと上がる。

「も、もしかして、い、今からですか？」

「いまから」

「で、でも、今からしたら、ごはんとか、その……」

「今から」

まるでその選択肢しかないような態度に小春はしばらく呆けたあと、ぷっ、と噴き出した。

「なんか涼さん、子供みたい」

子供と言われ、涼の唇はへの字になる。

「その子供みたいなのに、今から泣かされるわけだけど？」

「ひどくするんですか？」

「ひどく……はしないつもりだけど、前みたいに優しくはできない」

最初の行為でも小春にとっては結構激しかったのに、彼はその上があるという。少し黙ってしまった小春に涼は寂しそうな顔で「嫌？」と覗き込んできた。

「嫌では、ないんですが。ついていけるか不安です」

「大丈夫。小春ちゃんを置いていかないから」

そう言って、彼は額《ひたい》にキスを落とした。

まるで愛《め》でるようなその行為に心がぽかぽかしてくる。

涼は小春を自分の部屋に連れて行くと、ベッドに優しく下ろした。そして、彼女を組み敷いて、軽く唇を食《は》んでくる。

嬉しいような愛おしいような気持ちが胸に満ちて、小春は早く彼の肌に触れたくなった。しかしそんなことを口にするのは憚《はばか》られて、小春から彼の頬にキスをすると、彼はくしゃりと表情を崩したあと、ぎゅっと小春をその場で抱きしめた。

そして、耳元でこう呟いた。

「あと、また変な誤解を生むのは嫌だから言っておくけど」

「はい？」

「俺も人並みの男なので、胸は好きだよ」

小春が目を丸くすると、涼は罰が悪そうな顔を彼女に見せてくる。

「その、別に大きいのがいいとか、小さいのがいいとか、他の女の子のにも興味があるとかじゃなくて！　胸が大きいから、小春ちゃんのことが好きになったってわけじゃなくて！　……小春ちゃんの胸だから、好きなんだけど」

まるで悪いことをしてしまった子供のように彼はそう言う。

しかし、最後はなにか吹っ切れたようで、こう甘えてきた。

「だから、思う存分可愛がっていい？」

「……痛いのは、嫌ですからね」

小春がそう許可を出すと、涼は吐き出すように笑ったあと、「わかった」と彼女の唇にもう一度キスを落とすのだった。

第四章

涼と正式に付き合い始めて早二週間。

こんなに甘い日々が存在することを、小春は二十六年間生きてきて初めて知った。

「小春ちゃん、朝だよ」

彼女の朝は、そんな愛しい人の声から始まる。

昨夜たっぷり愛された少しだるい身体を起こせば、涼の穏やかな微笑みが視界に入り、それだけでちょっと胸が温かくなった。

「おはよう」

「おはようございます……」

まだ開ききっていない目と、呂律《ろれつ》の回らない舌で朝の挨拶をする。目の前にいる涼は、未だに夢と現実の狭間にいる彼女に目を細めたあと、大きくて温かい手で彼女の頬を優しく撫でてくる。その安心する体温に小春はまた夢の世界に逆戻りしそうになったけれど、首を振って必死に踏みとどまった。ここで二度寝をすれば大変気持ちがいいだろうが、それだと会社に遅れてしまう。今日は大切な会議があるのだ。万が一にも遅れるわけにはいかない。

未だまとわりつく眠気に、必死に抗《あらが》う小春を見て、涼は小さく噴き出した。

「小春ちゃんて、相変わらず朝が苦手なんだね」

「うぅ、すみません」

「別に謝ることじゃないよ。……朝ご飯、できてるから一緒に食べよう？」

涼の優しい言葉に、小春は満面の笑みで「はい」と頷きそうになる。しかし、なにかを思い出したのか、小春は微睡《まどろ》んでいた目を大きく見開いて、彼に身を乗り出した。

「え！　朝ご飯⁉　涼さん、朝ご飯作っちゃったんですか⁉」

「うん。作っちゃいましたよ？」

「今日は私が作るって話だったじゃないですか！」

「あ、そうだっけ？」

「そうですよ！　ここのところずっと涼さんが作ってくれているから、今日は私が作るって。昨日の夜、二人で決めたじゃないですか！」

枕を交わす前、確かに二人はそんな約束をしたはずだ。毎日は無理かもしれないが、せめてかわりばんこに朝食を作ろう、と。とりあえず明日の朝食は小春が作るから、もし涼が小春よりも早く起きたら、朝食を作らずに自分を起こしてほしい、と。

そのために小春は目覚ましだってかけていたはずだ。

「っていうか、目覚まし！　なんで鳴ってないの？」

「ごめん。小春ちゃんがあまりにも気持ちよさそうに寝ていたから、思わず切っちゃった」

「もしかしてスマホのアラームも？」

「あぁ、そっちも俺だ」

「もー、涼さん！」

さすがにこれには小春も非難の声を上げた。

「ごめんごめん。……でも、本当に気にしないでいいのに。朝食とかは、俺が好きでやってることなんだからさ」

「気にしますよ！　涼さんだって疲れてるんだから、おまかせにばっかりできないです！」

そんなふうに怒りながら、小春は自己嫌悪に押しつぶされそうになっていた。要は、小春が朝早く起きればいい話なのだ。目覚ましを止めたり、スマホのアラームを止めたりするのは確かにやりすぎだが、朝早く起きて料理をしてくれている彼に文句なんて言うべきじゃない。

そんな彼女の嫌な気持ちも、涼はすぐに拭い去ってくれる。

「俺さ、小春ちゃんの寝てる顔好きなんだよね。見て癒されるというか、すごく穏やかな気持ちになれるんだよ」

「だからって……」

「だからもし、俺のことを考えてくれてるなら、このままがいいな」

「このまま」

「俺から癒しを取らないでよ」

涼の言葉に、小春は「でも！」と言い募《つの》る。しかし、反論はさせてもらえなかった。

唇を塞がれたのだ。

「ん……」

朝からするにはちょっとだけ濃厚なキスに、まだ動き始めて間もないからか、頭がくらくらしてくる。

小さなリップ音を響かせながら彼は唇を離し、小春の頬を再び撫でる。

「それでもまだ申し訳ないっていうのなら、毎朝こうやって俺にキスして。俺はそれで充分だから。むしろお釣りがくるぐらい」

「もー！」

頬を膨らましながら抗議すると、次は額《ひたい》に啄《ついば》むようなキスが落ちてくる。あまりの不意打ちに小春は「ひゃ」という小さな悲鳴を上げると、彼はカラカラと笑う。

「ほら、スープ冷めちゃうよ。朝ご飯、食べよう？」

「……はい」

「あれなら食べさせてあげようか？」

「大丈夫です！」

しかしその後、小春は半ば無理やり涼の膝の上に乗せられ、彼の手から朝食を取ることになったのだった。

◆◇◆

「先輩、もしかして最近彼氏さんとうまくいってるんですか？」

会社の後輩——美優にそう言われたのは、涼と思いが通じ合って一ヶ月後のことだった。

会社近くのパスタ屋で、小春は食べていたパスタのフォークを持ったまま、美優の言葉に目を瞬かせる。

「え。なんで？」

「なんか最近、スマホをやけに気にしてるし、いっつもニヤニヤしてるし！　それに、先輩は前から可愛かったですけど、最近もーっと可愛くなったなぁって思いまして！」

「いや、それは……」

「あと、さっき彼氏さんらしき人と電話してるの聞いちゃいました！」

「あぁ」

前半のお世辞ではなく、後半の事実に小春は頷いた。

先ほど涼から電話が来て話していたのだが、きっとその姿を見られていたに違いない。

涼は、いつもは電話などしてきたりはしないのだが、今日はたまたま早く仕事が終わりそうらしく、一緒に夕食でも食べて帰らないかと誘ってくれたのだ。

「先輩って彼氏さんと話す時すっごい可愛い声出しますよね。媚びてるって感じじゃないんですけど、なんというか、甘えてるって感じで！　声からも大好きって感情が伝わるというか！」

「そこまで聞いてたの……」

「はい！『私も愛してます、涼さん』までばっちり聞いちゃいました！」

「そう……」

恥ずかしい。恥ずかしすぎる。

小春が頬を染めながら宙に浮いたパスタを口に運ぶと、美優が興味津々といった顔でグッと身を寄せてくる。

「で、順調なんですか？」

「順調は順調だと思うけど……」

「ど？　なにか不満があるんです？」

「不満ってほどじゃ……」

小春は唇を尖らせた。

涼との仲は順調だ。外から見ても、自分たち側から見ても、それは間違いない事実だろう。しかし、小春がそう言葉を濁してしまう感情があるのも事実だった。

別に涼になにか不満があるわけじゃない。強いて言うなら、あるのは不安だ。

想いが通じ合ってこの一ヶ月間、涼はとても小春によくしてくれた。というよりも、甘やかしてくれた。

夜は同じベッドで眠るようになり、朝ご飯は起きた時にはもう用意されてある。会社には彼が運転する車に乗って行き、会社からヘトヘトで帰れば優しい声をかけてくれて、いたわってもらえる。夕ご飯においては、小春のほうが帰るのが早いので彼女が作るのだが、それも週末に彼が作り置きをしていた料理を並べるだけなのでほとんど手間はないし、作ったとしてもスープやサラダくらいなので作ったと言えるかどうかも定かではない。しかも『夕ご飯を作ってもらったから……』と彼が片づけを率先してやってくれるのだ。掃除や洗濯も留守中にハウスキーパーが来てやってくれているので、小春がやっている家事など、本当に作り置きのタッパトから料理を出すくらいである。

しかも昨日なんか、『身体凝ってるね』とマッサージまでしてくれたほどだ。マッサージが終わったあと、涼も疲れているだろうと小春もマッサージを申し出たのだが、あっという間に捕まってしまい、結局マッサージすることなく全身くまなく愛されてしまった。

これのなにが不安なのかと問われれば、小春自身もよくわからない。事実だけを並べ

 るとても幸せなのだろうし、この生活で不満を言うなんて、本当に贅沢だと思うのだが、小春にはどうやっても拭えないわずかな焦燥があったのだ。

「幸せすぎて不安になるって、こういうことを言うのかしら……」

わずかにもれた心の声に、目の前の美優は大きく反応する。

「うわ！　惚気《のろけ》ですか！　先輩ってそういうことする人でしたっけー？　うわー！　先輩の惚気《のろけ》聞いちゃった！」

「ち、違うのよ！　別にのろけたかったわけじゃなくって！」

「いいんですよ！　じゃんじゃんバリバリのろけてください！　やっぱり自分が幸せだとつい自慢したくなっちゃいますよね！」

「そうじゃなくてね！」

これは必死に否定をするが、美優は話を聞いてくれない。

でも本当に、ただの惚気《のろけ》ではないのだ。もちろん涼は素敵な人だしのろけたい気持ちもあるが、この不安な気持ちは決して嘘じゃない。ただ小春の語彙力《ごいりょく》がその不安を表現するのに足りないのだ。

(付き合う前は、不安なんてなかったのにな……)

涼との生活はただただ心地良いものだった。

以前は作り置きの夕食も一緒に作っていたし、ハウスキーパーも雇っていなかったので、週末は二人で家事をしたりしていた。大変さで言えば前のほうが大変なのに、胸のざわめきは今のほうが大きい。

（涼さんが過保護なのが、ダメなのかな……）

そうなのかもしれない。なんとなく涼の愛し方は愛玩動物を愛《め》でるような感じなのだ。そこにちゃんと愛はあるし、大切にしたい気持ちはあるが、それと同じくらい『お世話してあげないと』や『守ってあげないと』の気持ちが強い。

だけど小春が目指しているのは対等なパートナーとしての恋人同士で、涼の目指しているそれとはちょっと違うのだ。

（つまり、私が頼りがいのある女性になればいいってことなのかな……）

そうすればこの不安が消えるのだろうか、そう思ったその時――

「でもよかった‼　あのＤＶ男とは別れたんですね！」

「へ？」

「え？　別れたんじゃないんですか、あのＤＶ彼氏と……」

そこでようやく小春は思い出す。そういえば、あの強姦魔《ごうかん》二人に襲われたことを、彼女は『彼氏に暴力を振るわれている』と勘違いしていたのだ。この話題が出た時、小春はちゃんと否定したつもりだったのだが、この様子を見るにきちんと否定しきれていなかったらしい。

「もしかして今のろけてた彼氏って、前のDV彼氏なんですか⁉」

「えっと、違うの！　あの時の手首の怪我は彼のせいじゃなくて！」

「え、そうなんですか？」

「えぇ。あの痣《あざ》をつけたのは別の人で、涼さんは私を助けてくれただけなの！」

その時はあまり思い出したくなかったから強制的に話を終わらせるように持っていったが、こんな勘違いされるなら最初からこう言っておけばよかったと、小春は心の中で少し後悔した。

小春の説明で納得がいったのか、美優は「すみません。勘違いしてました！」と謝ったあと、人差し指の指先を顎に乗せた。

「いや。でもおかしいなぁ……」

「どうしたの？」

「実は山根君が、DV彼氏のことで先輩の相談に乗ってるって、この前話していて……」

「えぇ⁉」

小春はひっくり返った声を上げた。

当然、そんな相談などしたことはない。

美優の話はまだ続く。

「彼氏さんが先輩に乱暴しているところを見たことがある、みたいなことも言ってて、しかもそれを自分が助けようとしたけど、無理矢理連れていかれたとかそんな話も……」

「なにそれ！」

それはきっとあの飲み会の時のことを言っているのだろう。彼が小春のことを無理矢理部屋に連れ込もうとしたあの夜の話である。

涼への悪口に、小春は珍しく怒声を上げた。

「ふざけてる！　涼さんがそんなことするはずないのに！」

「私もちょっとおかしいと思ってたんですよね。一回目と二回目で言ってることが結構バラバラだし。もしかして、虚言癖があるのかなー。仕事でも話してる内容と他の人から聞いてた内容が全然違うってことがよくあるんですよね。でも、手首に包帯巻いてあったし、先輩の話は本当なのかなーって思ってたんですけど……」

「本当なわけないでしょ！」

「私に怒らないでくださいよー。先輩の彼氏さんのこと疑ってたのは、本当に謝りますから！」

そうだ美優に怒っても仕方がない。

全ては、その時のことをあまり思い出したくないからときちんと否定をしなかった小春が悪いのだ。もしくは、変な噂を面白おかしくばら撒いている山根か。

とにかく彼女は悪くない。

申し訳なさそうな顔をする美優に小春は「ごめん」と謝った。

「いいですいいです！　疑ってたのは事実なので！　というか、山根君。先輩のこと狙ってたから、いいように言いたかったんでしょうねー。なんていうか、外堀を埋める？　みたいな」

「え。山根君、そうなの？」

「そうなの？　って、先輩気づいてなかったんですか？　先輩、なかなかみんなの輪に入れない山根君のこと、色々フォローしてあげてたじゃないですか。ほら、この前の会議の時も……」

「あれは、一人喋りにくそうにしているから……。でも、彼だけが特別ってわけじゃないわ」

「知ってますよ。先輩って誰にでも優しいですもんね。だけど、山根君は最近入ったばっかりだしそんなこと知らなかったんじゃないですか？」

「そんな……」

山根とは同じ企画部なのだが、チームが違うので、会議の時にしか一緒にならない。その一週間に一度ある会議でちょっと優しくしただけで惚れた腫れたなど言われたのでは、たまったものではない。

小春は「はぁ……」とため息をつくと、美優は途端に同情的な視線を彼女に向けた。

「今度噂しているところ見つけたら注意しておきますね！」

「お願いね。私も見つけたら注意しておく」

小春は暗い声を出す。自分がなにかを言われるのはいい。だけど、涼のことを言われるのは絶対に嫌だった。


その日の夜。

「はぁ……」

小春は涼と同棲しているマンションのリビングで、これ以上ないというほどの盛大なため息をついた。理由はもちろん今日会社で聞いた噂である。

　あれから山根に注意しようとしたが、企画のチームが違うために会うことは叶わず、結局話を聞いた時と同じ状況のまま今日は家に帰ってきてしまったのである。美優が一緒に話を聞いた女の子たちには自分から事情説明しておくと言っていたが、それもどこまで効果があるのかわからない。彼女の話では山根は随分とたくさんの人に吹聴していたようだし、もしかすると会社だけにとどまらず営業先にも同じような話をしている可能性もある。

幸いなのは、山根が涼を知らないことだろう。知ってしまったら最後、彼の評判に傷をつけることにもなりかねない。

（会わなくてもいい時に会えて、会いたい時に会えないなんて……）

　本当に運がない。

　しかも、明後日から有給を取って一泊二日で涼と旅行に行くのだ。彼の誕生日をお祝いするためである。

　涼は前々から楽しみにしていたし、小春もすごく楽しみにしていた。それなのにこんなモヤモヤを残したまま旅行になんて行きたくなかった。

（明日こそ絶対に山根君を捕まえないと！）

　憂いなく旅行に行くためにも。

　そんな決意をした時――

「ねぇ、小春ちゃん」

　涼に後ろからそう声をかけられた。小春が「なんですか？」と振り返ると、彼が少しだけ申し訳なさそうな声を出す。

「すごく急で悪いんだけど、来週の土日、うちの家に挨拶に来れる？」

「え？」

「実は、おばあさまがフランスから帰ってくるんだ。それで、いい機会だから小春ちゃんのことを紹介したくて」

　その言葉に小春は目を丸くした。

「おばあさまって、もしかして、涼さんのおばあさまですか？」

「まぁ、そうだね」

「旅行とかあってバタバタするとは思うんだけど、無理じゃなかったら……」

「む、無理じゃないです！」

小春は前のめりになってそう答える。

するとと涼は「そっか。よかった」と微笑んだ。

「おばあさまってどんな方なんですか？」

「素敵な方だよ。父や俺のこともよく考えてくれるし、会話もすごく楽しい人だしね。ただ、ちょっと気が強くて、父でも頭が上がらないところがたまにあるかな」

「お父さんでも？」

「うちの会社は祖母がここまで大きくしたようなものだからね。名義上は父がトップだけど、実際の権限はおばあさまが持っているようなものだから」

「そう、なんですね」

小春の想像していた『おばあちゃん像』とはどんどんかけ離れていく話に、ますます不安になってきた。なんだか、聞けば聞くほど大物である。涼は問題ないというような顔をしているが、本当に自分が涼の恋人として紹介されて大丈夫なのかと心配になってしまう。

「そんなに緊張しなくても大丈夫だよ。おばあさまは優しい人だから。まぁ、少し厳しい一面も持っているけどね。だから、安心していいよ」

「わかりました！　あまり気負わないようにします！」

「その発言がすでに気負ってるよね」

涼はカラカラと笑う。小春もそれにつられるように笑みを浮かべた。

涼の祖母と会うのはやっぱりちょっと不安だが、涼が大丈夫と言っているのだ、それを信用するしかないだろう。

「ところでさ、さっきなにを悩んでいたの？」

急に矛先の変わった話題に小春は「え？」と目を瞬かせた。

「さっきため息ついていたでしょ？　俺でよかったら相談に乗ろうか？」

「えっと……」

ため息をついていたのは、山根が流しているという例の噂のことだ。涼の名前が出ているわけではないが、こんなもの本人に言うわけにはいかないだろう。

（それに、なにもかも涼さんに頼ってばかりじゃダメよね！）

頼り甲斐のある女性になると決めたのだ。

もしかすると、涼に話せば解決法が見つかるかもしれないが、見つからなかった場合、無駄に心配をかけてしまうだけだし、彼の隣に立つと決めたのならこのぐらいの問題は自分で解決するべきだろう。守られているだけではダメなのだ。

「大丈夫です！　大したことじゃないので！」

「本当に？」

「はい！」

元気のいいその返事に、涼は少し寂しそうな顔になったが、小春の気持ちを汲んでくれたのかすぐにいつもの優しい笑顔に戻った。

「そっか。わかった。なにかあったら頼ってね」

「はい！」

小春は意気込むように胸元に拳を掲げる。新しい企画に、旅行に、山根のことに、おばあさまへの挨拶に……、考えることが山積みだ。

（でも、ちゃんと一つ一つ解決していかないと！）

とりあえずの急務は山根のことだ。

（明日は山根君のことをちゃんと捕まえて注意しなくっちゃ！）

そして、そのチャンスは意外にも早くやってくるのである。

◆◇◆

翌日、出勤した小春の耳に聞きたかったような、聞きたくないような声が届いた。

「それで俺が止めたんだけど、掻《か》っ攫《さら》われてさ。いやぁ、桐崎先輩、心配だわ」

声のしたほうを覗き込めば、山根が女子社員二人になにやら大げさな身振り手振りつきで話をしている。そこは自販機と長椅子が置いてある小さな休憩所のようなスペースの前。先ほどもれ聞いたフレーズからして、きっと話題は小春のことだろう。

小春は廊下の角から顔を出すと、極めて冷静を装った顔でこう声をかけた。

「ちょっと、山根君。今いいかな？」

その声に山根はびくりと肩を震わせると、まるでブリキ細工のようなぎこちない動きでこちらを振り返る。そして頬を引きつらせた。

「山根君、変な噂流さないで！」

人を捌《は》けさせた後、小春は山根にそうきつく注意をした。

そのあまりの剣幕に、山根は首をすくめる。

「私、山根君に恋人のことで相談とかしたことないわよね？」

「いやでも、彼氏さんに暴力振るわれているのは事実なんですよね？」

「事実じゃないわよ。あれは、別の人につけられた痕なの！　涼さんは助けてくれただけで」

その言葉に山根は大きく目を見開いたあと「そう、なんですね……」と視線を逸らした。悪いと思っているというより、なんだか不貞腐れたような表情だ。まるで母親に叱られたあとの子供のような……

「だからこれ以上変な噂流さないで。さっきの人たちには私から言っておくから、もうなにも言わないで。よろしくね」

端的にそう注意だけして小春は山根に背を向ける。

本当はもうちょっと色々言ってやりたかったが、これ以上続けるとキツイ言い方になってしまいそうで嫌だったのだ。小春は山根を傷つけたいわけではない。ただ噂を止めてくれればいいだけなのだ。

朝から一仕事終えた小春は、自分の席に着くなりぐったりと身体を机に突っ伏した。

「はあぁぁぁぁ……、疲れた」

「大丈夫ですか？　どうかしたんですか？」

小春は机に突っ伏したまま、声をかけてきた美優を見上げる。

「やっと一個問題が片づいたって安心してたの」

「あぁ、山根君のことですか？」

昨日の今日だからか、そんな勘を働かせる彼女に小春は一つ頷いた。

「さっきたまたま山根君を見つけたから、注意してきて……」

「あぁ、お疲れ様です。山根君、私の想像以上に厄介な相手だったみたいですね」

「厄介？」

小春はそこで顔を上げた。すると、彼女は小春に向かって声をひそめてくる。

「私もあれから色々誤解を解いて回ったんですけど。なんかあの人、先輩は俺の女だー！みたいなことも言ってたらしいですよ」

「えぇ……」

「先輩のことを話していたら『どうも俺の彼女がお世話になってます』みたいな態度で近寄ってきたらしくて。その他には『今付き合っている人いるの？』的な会話の時に、明らかに先輩っぽい人のことを恋人だって言っていて、それを聞いた人たちは本当に二人が付き合っていると勘違いしていたらしいです」

「あ、頭が痛くなってきた……」

小春は思わず頭を抱える。彼女が知らなかっただけで事態は相当悪い方向へと進んでいたようだ。

「まぁ、誤解は解いておきましたけど」

「ほんと、ありがとう……!!」

「なんか前の部署でもちょっと問題起こしてたみたいですし、もう先輩は近寄らないほうがいいかもしれないですね」

「そうね……」

美優の忠告に小春は頷く。

本当はこんなことしたくはないのだが、彼とは距離をおいたほうがいいだろう。

「でもまぁ、これで心おきなく旅行に行けますね！　お土産話、楽しみにしていますから！」

そう言う彼女に、小春は「いい話ができるといいけど」と返したのだった。

◆◇◆

大きな川の隣に立ち並ぶ温泉宿。点々と等間隔に立っている街灯は異国情緒を感じさせる造りで、観光地だから人も多い。旅館の周辺には飲食店街や足湯などがあり、それらも賑わっていた。

「うわぁ！　すごい！」

「平日なんだけど、結構人がいるもんだね」

涼の誕生日祝いに二人が来たのは、とある有名な温泉街だった。

彼が誕生日に願ったのは『小春との二人っきりで特別な時間』だった。それで二人で旅行に行こうということになった。彼の誕生日は先月で、本当はもうちょっと早く行くつもりだったのだが、涼の予定が詰まっており、今日までなかなか休みが取れなかったのだ。

タクシーから降りた二人は、温泉街を歩く。途中で『温玉ソフト』なんてものを見つけて、二人で一つを食べたあと足湯に入って、ゆっくりと宿まで向かった。

荷物はもう宅配便で送ってあるので気楽なものだ。

「でも、本当によかったんですか？　涼さんの誕生日なのに、結局旅費を折半してもらっちゃって……」

「いいの、いいの。小春ちゃんと旅行に来れたってだけで、俺にはとっておきの誕生日プレゼントなんだから。それに、実はお願いしたいこともあるし」

「お願いしたいこと？」

「それは、その時になるまで秘密ね」

涼は意味深にそう言いながら唇に人差し指を当てた。

その顔はとってもミステリアスでかっこいいのだが、なんだかちょっとこの顔は、あとが怖い気がする。

「というか、旅費のことは気にしないで。小春ちゃんは小春ちゃんの分出してくれたし！　本当は俺が全部出してもよかったのに」

「それは当たり前ですよ！」

というか、本当は小春が旅費を全部出すつもりだったのだ。しかし旅行を計画する際、涼に止められた。そしてあろうことか『俺は小春ちゃんと旅行に行けたらそれで幸せだからさ。旅費は全部俺が持つよ』とのたまったのだ。涼の誕生日なのにさすがにそれはないだろうと小春は反論。結局お互いの旅費はお互いが出すということで話の決着がついたのである。

（こういうところだよなぁ）

涼のなんだかモヤモヤしてしまうところ。

なんというか、過保護なのだ。彼が小春に向けている庇護欲《ひごよく》はまるで愛玩動物に向けるそれである。『一人じゃなにもできないから』『俺が手伝ってあげないと』が透けて見えるのである。

涼としては悪気があってそうしているわけじゃなく、おそらく性格としてそうなのだろうが、だからこその厄介さだ。

（プレゼント渡すタイミング、ちゃんと考えておかないと！）

旅行がプレゼントということにならなかったので、大樹に頼んで彼がなにを好きなのかリサーチしてもらい、プレゼントはもう用意してある。

問題はこれを渡すタイミングだ。誤れば、『誕生日プレゼントのお返しにプレゼント』

なんて言って、より高価なものを贈られかねない。

『涼さんはああ見えて尽くし系ですからね。尽くすのには慣れてるんですが相手からなにかをしてもらうってのにあまり慣れてないんですよ』

というのは大樹の弁である。

なるほど、確かにそういう人だなぁと、小春は今までの涼の行動を振り返りながらそう思った。その時だ。

「小春ちゃん、そこ、段差あるから気をつけてね」

「えっ！」

足が段差につまずいてグリッと変な方向に曲がった。同時に履いていたパンプスの踵《かかと》が擦《こす》れる。

「――っ！」

転《こ》けはしなかったものの、小春はその場で立ち止まった。足首は痛いが、おそらくこれは一時的なものだろう。問題は踵《かかと》だ。靴擦れみたいに踵《かかと》に傷ができてしまった。新しい靴、というわけではないが、涼と旅行に行くということで、普段はあまり履かないおしゃれな靴を履いてきてしまったのが仇となった。

「涼さん、私ちょっとそこのコンビニで絆創膏《ばんそうこう》買ってきますね」

小春がそう指で隣のコンビニを指すと、涼が「大丈夫？」とその場に膝をついた。

「これは……痛そうだね」

「平気ですよ。ちょっと傷になっちゃっただけなので、気にしないでください」

顔を歪める涼にそう言うと、彼はしばらく考えたのちに小春を抱き上げた。

いきなりのことに、小春は目を丸くする。

「ちょ、ちょっと！　涼さん⁉」

「もうたくさん見て回ったから、今日はこのまま宿に行こう？　絆創膏《ばんそうこう》は宿に言ったら出してもらえるから」

「わ、わかりました！　わかりましたから下ろしてください！　このままじゃちょっと恥ずかしいです！」

いきなり抱き上げた涼にそう抗議するが、彼は「だーめ」と全く取り合ってくれない。

道を歩く人々が小春たちを見てぎょっと目を見開いた。

「涼さん！」

「それにほら、このまま歩くとこの傷さらにひどくなるかもしれないからさ」

それは確かにそうだ。この状態は恥ずかしいが、状況的には涼のことを責める謂《いわ》れもないだろう。

小春は涼の首に腕を回しながら、自分の迂闊《うかつ》さに頰を染めるのだった。

たどり着いた宿は、小春の想像していた三倍ぐらいすごいところだった。

趣《おもむき》のある日本家屋に、入口の両脇に吊り下がる提灯《ちょうちん》。中に入ると最初に目に付くのが真っ赤な絨毯《じゅうたん》で、次に吊り下がっているシャンデリアに目が行く。建物自体は和風だが、中は大正ロマンを感じさせるような造りになっていて、女将もある種の風格を感じさせる佇《たたず》まいをしていた。

「な、なんかすごい宿ですね」

「でしょ？　小春ちゃんと一緒に行きたいなぁと思って予約したんだ」

室内を見渡す小春に、涼はそう嬉しそうな声で言う。

すごい。確かにすごいけれど……

(すごいけど。これって、私が払った金額じゃ泊まれない感じじゃない？)

宿は涼に一任していた。というのも『どうしても泊まりたい宿がある』と涼が言うので任せていたのだ。料金は予約したあとで『これぐらいかかったから……』と言われたので手渡ししたのだが、どうにも金額と宿のランクが合っていない気がする。

しかも、涼が予約していたのは離れらしく、小春はさらに頭を抱えた。

「あ、あの涼さん！　ここのお金、本当にあの金額で大丈夫だったんですか？」

女将に案内してもらいながらそう聞けば、涼は微笑んで「大丈夫だよ」と言うばかり。

絶対大丈夫ではない気がするのだが、彼はそれ以上なにも答えてはくれなかった。

「部屋に露天風呂あるんだよ？　あとで一緒に入ろうね？」

「……はい」

（なんか涼さんのいつもの悪い癖が出てる気がする）

　小春はそう思いながら一つ頷くのだった。


「浴衣ってそんな服だったっけ？」

　部屋に着いて、浴衣姿になった小春に対する、涼の感想がそれだった。

　彼女は浴衣を着た状態で、鏡の前でくるりと回転する。

　小春が着ている浴衣は普通の浴衣だ。特別なにか仕様が違うわけではない。温泉宿で誰もが着るような普通の浴衣。もちろん着方がおかしいわけではないし、特別なこともなにもしていない。

　小春は涼の言っている意味がわからず、首を傾げた。

「そんなに変ですか？　着方も、これで合っていますよね？」

「いや、変ってわけじゃないんだけど……」

「わけじゃないんだけど？」

「なんていうかエロくない？」

「え？」

頬を染めながらそっぽを向く涼に小春は目を丸くする。そして自身の姿を見下ろした。

エロい、と言われても自分ではよくわからないが、確かに身体の凹凸がハッキリする服だと思う。祭りの時に着る浴衣はタオル等でできるだけ身体の凸凹をなくすようにするが、これは温泉宿の浴衣なのでそんなことはしていないし、当然襦袢《じゅばん》のような下に着るものもない。ウエストを縛る帯も細くてただ縛ることに特化したものだ。要はちょっと幅の広い紐である。

「胸なんか今にもこぼれ落ちそうだし、下だってすぐにはだけそうだし。そもそも前を合わせて紐で縛ったものを服として扱うのもどうかと思うんだけど……」

「でもこれが、日本の文化ですよ？」

「日本の文化、防御力が低い……」

涼の呟いた言葉に、小春は苦笑いをこぼした。

「とにかく、それで部屋からは出ないでね？　ちょっと心配だからさ」

「着替えろとは言わないんですね。涼さんのことだからそんなに言うなら『着替えて欲しい』って言ってくるかと……」

「別に、この部屋の中だけなら着替えなくてもいいよ。小春ちゃんのそういう姿、見たいって思ってたからさ」

そう言いながら涼は後ろから抱きしめてきた。

涼も浴衣に着替えており、いつもと違う装いに小春もドキドキしてくる。

いつもより少し開《はだ》けた胸元。大人の色気漂う首筋。きっちりとした装いに見せかけて収まりきっていない彼の色気が、小春の頬を熱くした。

かっこいい。本当にかっこいい。

涼は小春をさらに強くぎゅっと抱え込む。

「それに、防御力は低いけど、可愛いし」

「ちょっ」

「いいでしょ、誰も見てないんだから」

首筋にキスを落とされ、そのままちゅっと吸われる。ピリッとした痛みが走ると同時に、小春は自分の首筋に痕がついたのだと理解した。

小春は唇を尖らせる。

「もー、見えるところにはつけないでっていつも言ってるじゃないですか。会社で誰かに見られたらどう言えば……」

「あ、そういえば」

会社という単語がトリガーになったのだろうか、彼はそう言いながら顔を上げる。

「ここ最近、小春ちゃんの会社で変な噂が流れてるみたいだね」

「え？」

「なんか、小春ちゃんの彼氏がDV彼氏だとか……」

彼が噂を知っていた事実に小春は目を丸くした。あれはあくまで内輪での話だ。社外にもれることはまずないと思っていたのだが。

涼は特別気分を害することもなく「この前の手首の怪我がよくない感じで回っているみたいだね」と顎を撫でる。

「ちょ、どうしてそれを知ってるんですか？」

「どうしてって、調べさせたから？」

「調べさせた？」

「小春ちゃんがなんだか困ってる感じだったでしょ？　なんでため息ついているのか気になっちゃって……」

彼の『調べさせた』からはどことなく業者の匂いがする。もしかして、もしかしなくても、彼は探偵に調査を依頼したのだろうか。もしくはそういう機関が彼の会社にはあるのだろうか。どちらにせよ気持ちの良い話ではないし、心配なのはわかるが、どうしてそう過保護なんだと言ってしまいたくなる。

「ど、どうしてそんなこと！」

「だって、聞いても教えてくれなかったし。小春ちゃんが変なことに巻き込まれてたら嫌だなって思って……」

教えてもらえなかったら調べる。それはきっと正しいのだろう。人間関係以外では。

小春は少し頭を押さえて考えたあと、慎重に言葉を選んだ。

「涼さん、あの、今度からでいいんですが。私になにか悩み事がありそうでも、その、調べたりしないでもらえますか？」

「え？　どうして？」

「えっと、プライバシーの侵害だからです」

「プライバシー……」

まるで初めてその言葉を聞いたみたいに、彼は小春の言葉を繰り返した。

「いくら好きな人でも、その、そんなふうに調べられるのは、なんだかちょっと嫌です」

「でも、俺は小春ちゃんがなにか悩んでたら力になりたいと思うよ？」

「それはありがたいんですが。その、私にだって、誰にも言いたくない悩み事の一つや二つありまして……。というか、前々から思ってたんですが、涼さんって過保護ですよね？」

「へ？」

まるで自覚がなかったのだろう、彼は大きく目を見開いたあと、口をぽかんと開けた。

「そうかな？」

「そうですよ！　だって最近、私に家事とかやらせたがらないじゃないですか！　それにいつも涼さんが損して私が得する感じになってて、なんだかとっても居た堪れないというか！　今日の旅行だって、本当は私が色々してあげたかったのに……」

涼の誕生日祝いだと張り切っていたのに、なんだか今はどっちの誕生日祝いなのかわからない感じになってしまっている。

「でも、俺は小春ちゃんのことを大事にしたいと思っているだけで……」

「だから、それはありがたいんですが！」

こんなの八つ当たりだってわかっている。涼はなにも悪くない。全部、なにもかも頼りにならない小春が悪いのだ。だけどもう少し、自分を頼ってくれてもいいんじゃないかとも思ってしまう。

（このままだと、いつか生活が立ち行かなくなるような……）

小春はハッと顔を跳ね上げた。

「涼さん、この際だからルールを作りましょう」

「ルール？」

「今日のこともですが、私、もうちょっと涼さんと対等でいたいです！」

「俺はずっと対等のつもりだけど？」

「涼さんがそうでも、私はそう思えないんです！　なんだかペットと飼い主みたいな気がしてくる時があって……」

その言葉に涼の目は大きく見開かれた。

「そんなに？」

「はい。でも、涼さんが心配したり、構ってくれるのも全部が全部嫌いってわけじゃなくて！　だから、ルールを作りましょう？」


それから二人は色々決めた。

まずは、もう二度と小春のことを勝手に調査しないこと。なにか聞きたいことがあったら本人に聞くこと。小春は我慢せずに嫌なことは嫌と言うこと。もちろん言いたくないことは言わなくてもいいが、二人に関わりそうなことはできるだけ相談すること。あとは、ハウスキーパーは雇うが、作り置きのご飯は二人で作ること。その日の問題はその日のうちにできるだけ解決すること。喧嘩はできるだけ翌日に持ち越さないこと。

その他諸々、食事をしながら二人の相談は続いた。


そして、夜――

「ここのお湯って肩こりとか腰痛に効くんだって」

「そう、なんですね」

二人は部屋についている露天風呂に入っていた。

広い風呂なのに、二人はなぜかピッタリと重なるようにして湯船に浸かっている。最初は離れて入っていたのだが、涼が『これって俺の誕生日祝いでしょ？』とねだり、こんな形になったのだ。

涼はまるで愛《め》でるように小春の腹部に腕を回して何度も抱き寄せ、頭に顔を埋《うず》め深呼吸する。そして「はぁ」と幸せそうな息をもらしていた。

（なんだか恥ずかしいなぁ……）

小春は白く濁ったお湯を手のひらで掬《すく》いながらそう思う。

もうお互いの裸なんて何度も見ているし、お湯も身体を隠すように濁っているのだからなにも恥ずかしがることなどないはずなのだが、この非日常感が余計な緊張を小春に与えるのか、彼女はガチガチになっていた。

そうしていると背中の涼が懐かしむような声を出してくる。

「なんかこうしていると思い出すね。前に一緒にお風呂入った時のこと」

「あぁ、そんなこともありましたね」

小春も懐かしさに目を細める。あれは暴漢に襲われて、心の傷を彼に癒してもらった時のことだ。あの時、彼に触れてもらって小春の心は本当に救われた。そのあとも何回かフラッシュバックするようなこともあったが、あの夜の出来事がなかったら、もっとその時の記憶に苦しめられていただろうと小春は思うのだ。

あれからまだ一ヶ月半ほど。

まさか、ここまで二人の仲が進展するとは、あの時の小春は思っていなかった。

小春が純粋に懐かしんでいると、涼は急にはっとした表情になり、「……ごめん。思い出したくないことだったよね」と頭を下げた。そんな彼に小春は首を振る。

「だ、大丈夫です！　あれは、なんというか、その前にあったことはもちろん嫌ですけど！　お風呂でのことは、今はいい思い出になっていますから……」

塗り替えてもらった、という表現がこれほど正しいこともあまりないだろう。あの時の小春の判断は、今思い出してもやっぱり恥ずかしいものだが、それでもきっと正しかったと自信を持って言える。だからあのお風呂での出来事はいい思い出なのだ。

「本当に大丈夫？　嫌なこと、思い出してない？」

「大丈夫です。涼さんにいい思い出にしてもらいましたから」

繕うことない元気な声でそう言うと、彼はやっとそこでホッとしたような声を出した。

「そう？」

「はい。いい思い出、というか、ちょっと衝撃的すぎる思い出だったので、しばらくはお風呂に入ると照れてたぐらいで……」

「そう、なんだ」

涼の声に少し嬉しそうな色が乗る。

彼は一拍置いたのち、腹部に回した腕に力を込めて小春をさらに引き寄せた。

「……それじゃ、もっといい思い出になるようにしないとね」

「え？」

「照れるだけじゃなくて、お風呂に浸かっていたら、俺のことで頭がいっぱいになるようにしないと」

「それは……んっ！」

ふっと耳に息を吹きかけられ、小春の背筋に快感が駆け上がる。そのまま背後から耳を齧《かじ》られた。

「あっ！」

甘ったるい、感じている時の声が口からもれて、小春は羞恥《しゅうち》で頬を染め上げた。そんな彼女に構うことなく涼の両手は胸元にまわりぷかぷかと浮かぶ二つの浮き袋を鷲掴みにする。

「んっ」

「はぁ……」

どこか感動したような吐息が耳にかかって、小春は涼を振り返った。

「涼さんって、その。胸、結構好きですよね？」

「へ？」

「胸を触っている時の涼さん、なんかとっても幸せそうなので……」

小春の言葉に、涼は珍しく頬を染め上げた。

彼は以前『俺も人並みの男なので、胸は好きだよ』と言っていた。小春はそれを『人並みに好き』と解釈していたのだが、最近の彼の態度はどうもその『人並み』からは外れているような気がしてならないのだ。

「えっちの時もおっぱいすごく触るし、いじめてくるし。人よりちょっと好きなのかなぁって」

それとも小春の認識が間違っているのだろうか。男の人は通常でもこのぐらい女性の胸が好きで、小春にはそれが読み取れなかっただけなのだろうか。

どちらなのかはわからないがどうにも彼には自覚があるらしく、片手で顔を隠しながら、「いやまぁ、その……」と狼狽《うろた》えた声を出す。

「えっと。やっぱり嫌だった？」

やっと発したその言葉に、小春はブンブンと首を振る。

「いいえ、そうじゃなくて！　なんだか、今まで自分の大きい胸が嫌いだったんですけど、最近は、涼さんが好きなら大きくてよかったなぁって思ったんです」

「小春ちゃん」

「だから、私が胸を好きになるきっかけをくれて、ありがとうございますって、思って……」

そう小春がはにかんだ瞬間、涼が「あぁぁ……」と情けない声をもらす。

「もう、これ以上好きにさせてどうするつもり？」

「えぇ？　そんなこと言われても……」

涼は小春の膝裏に手を回すと、彼女を抱えたまま立ち上がる。小春が「りょ、涼さん⁉」とひっくり返った声を上げてもお構いなしだ。

「どうかしたんですか、いきなり⁉」

「小春ちゃんの胸を可愛がりたくなった」

「へ？」

「可愛がってもいいんでしょ？」

その甘えたような声にじわじわと頬が熱くなって「はい」と頷くと、彼は頬にまたキスを落としてきた。

それから二人は身体を拭く手間も惜しむように布団になだれ込んだ。

お互いにキスを交わし、胸もたっぷりと愛撫される。風呂から上がった時にはもう小春の秘所はもうお湯とは別のもので濡れそぼっており、そのことに気がついた涼は嬉しげに頬を引き上げた。

そして……

「涼さんって、こんな、趣味が、あったん、ですか？」

小春は畳に敷かれた布団の上で涼にお尻を突き出すような形になっていた。肘と膝で身体を支え、手首は浴衣の帯で縛られている。

彼女の秘所にはもう彼の指が出入りしており、トロトロの蜜を布団の上に垂らしていた。

「趣味っていうか、今日はなんというか動いてほしくないなって」

「どういう……」

「小春ちゃんにいっぱいサービスがしたくてさ。ほら、手とかそのままにしておくと、こういう時ちょっと恥ずかしくて抵抗しちゃうかなって」

そう言って、彼は小春の秘所に口を近づける。そして、彼女の中に舌をねじ込んだ。

「やだ、そんな、きたなっやだぁぁ――」

しっかりと舌が入って蜜を舐めとる。指で掻き出されながら、舌も這わされるのでもうなんだかおかしくなりそうだった。

そのまま抵抗することもできず、小春はされるがままになる。指の動きが激しくなって、小春の腰が揺れる。その動きを見て、また涼は彼女の中をかき回す指の本数を増やした。

ぐちゅぐちゅと粘り気のある水音が部屋の中に響く。離れなので声を抑えなくてもいいが、その分、涼も遠慮なしだ。

「も、やだ。りょうさん、や」

「嫌だっていう割には、ここ、すごい立ってるけど？」

「――っ！」

そう言いながら弾《はじ》かれたのはクリトリスだった。彼は立ち上がったそれを中指でぐりぐりと潰しながら、はくはくと物欲しそうに動く小春の割れ目をじっと見つめる。

「あの、あんまり、みないで――んん！」

腰が浮いたのは、まるで「黙って」と言うようにクリトリスが潰されたからだ。

涼は小春の秘所を観察したあと、やがて満足そうに唇を引き上げた。

「すごいね。まるで強請《ねだ》ってるみたいだ。すごく可愛い」

「あの――」

「小春ちゃんが気持ちよくなってくれて、俺も嬉しいよ」

そう言って彼が取り出したのは、乱暴な凶器だった。血管が浮き出ているそれはもうガチガチに硬くなっている。先端がテラテラと光っているのは、彼の我慢の賜物だろう。

「りょうさ、てくび」

「だめ。そのまんまだよ？」

「え？」

「小春ちゃんはなにもしないで感じるだけだからね？」

その言葉を聞いて、また過保護なのかと思った。小春の快楽ばかり優先して、自分の快楽はあと回しなのかと。だから小春は手を縛られたまま、彼に振り返る。

「りょうさんも、もっとわがまま、言ってくださいね？」

その瞬間、涼は大きく目を見開いたが、すぐにいつものような優しい笑みを湛《たた》える。けれどその瞳の奥は少しだけ冷たい色をしていた。

「大丈夫だよ、小春ちゃん」

「ぁん、んあぁん……!!」

ずぷりと雄が入口に入ってきて、小春は身体を震わせた。

快楽に耐えていると涼が覆いかぶさってきて、耳元で囁いてくる。

「今日はさ、俺がそういう気分なんだ」

「そう、いう？」

「小春ちゃんにサービスしたいのも本当の気持ちなんだけど。今はなんだか、小春ちゃんのことめちゃくちゃにしたいんだ」

「あぁぁあぁ――っ！」

すぷん、と最奥まで雄が押し込まれた。しっかりと慣らしてはいたものの、いつになく強引に押し入ってきたためか、小春の目の前に星が飛ぶ。

「あ、あ、んん、やっ、まって、んんん――！」

打ちつけられる腰に合わせて、小春は喘ぐ。

手首を縛られたまま、ぎゅっとシーツを握りしめて快楽を逃がそうとするが、あとからあとから気持ちいいところを突かれ、頭がとろけてくる。

「可愛い。小春ちゃん、可愛いね」

慈しむようにそう言って、彼は腰を打ちつけながら後ろから小春を抱きしめてきた。そのまま胸に手が伸びてきて、先端を両手で、ぴっ、と引っ張られる。

「ゃぁんん――！」

「あ、締まったね。気持ちがいいね」

よしよしと頭を撫でられるが腰が止まっていないせいで反応ができない。内臓がかき回される感覚に頭の中が沸騰して、腰がゆらゆらとゆらめいた。

「可愛いね。今日はいっぱいしようね？」

「いっぱい？」

「いっぱい。小春ちゃんの体力がなくなるまで」

その言葉に「ひっ」と一瞬悲鳴のような声がもれた。そういうことにまだ慣れていない小春は一回だけでも根こそぎ体力を持っていかれる。なのに、彼は小春の体力がゼロになるまで行為をやめたくないと言うのだ。

怯《おび》える小春に、涼はさらに追加で爆弾を落としてきた。

「違うか。わがまま言っていいなら、俺の体力が尽きるまで、だね」

今度こそ本当に気が遠くなりそうだった。

これまでこういう行為をしてきて、まだ一晩で二回以上した試しがない。一度の行為で終わることに涼が物足りなさそうにしているのは知っていたけれど、小春の体力が限界だったので、「もう一回しますか?」とは言えなかったのだ。

「わ、わがままは言ってくださいって言ったけど、こういうことじゃ……」

「今日は俺の誕生日祝いなんでしょう? 実は前々から楽しみにしてたんだよね」

「えっと……」

「頼みたいことがあるって、俺、旅行の最初に言ったでしょ?」

つまり、抱き潰したいということだろうか。遠慮なく、お構いなく、容赦なく。

二人の頭の中がどろどろになるまで。

涼は小春の耳を食《は》んでくる。

「めちゃくちゃにさせて? 大丈夫。小春ちゃんのこともどろどろに気持ちよくしてあげるからね」

もうそこまで懇願《こんがん》されたら、小春だって頷くしかなかった。

「気持ちよくしてくださいね?」

「うん。約束する」

そのまま二人は、朝日が昇るまで身体を重ねるのだった。

◆◇◆

そんな紆余曲折あった旅行から帰った翌日、小春を待っていたのはとんでもない報告だった。

「先輩大変です！　山根君が突然辞めちゃって！」

出勤してきたばかりの小春を出迎えた美優の声に彼女は頭を抱えたくなった。

山根が辞めたのは今朝のことらしい。いつの間にそこまで準備していたのか、机の上に辞表が置いてあり、机の上からは私物が消えていたという。

それだけならまだよかったのだが、フロアのメンバー全員が狼狽《うろた》えていたのは、まるで復讐のように、社内のデータを取引先にメールで一斉送信していたからだった。その中にはなんと商品の仕入れ価格から、業者の評価点数を載せた資料まであった。つまり『仕入れ価格が高すぎる。他の会社の類似商品を探す必要性有』『消化率が悪い。不人気商品。次回のフェアでは取り扱わない』なんて書いた資料がその会社に届いているのだ。

エトランゼ珈琲《コーヒー》のような小売も卸売も営んでいるような企業にとっては、もう本当に最悪の事態である。

さらに小春を青ざめさせたのは女子社員たちの言葉で、彼女たちは山根が辞めた原因を「ここ最近私たちが白い目で見ていたからかも……」と言っていたのだ。彼女たちが山根を白い目で見るようになった原因、それはもう言わなくてもわかる。小春の例の噂のせいだ。つまり、もう少し上手くやれていたらこんな事態にはならなかったはずである。

「すみませんでした！」

その日の小春たちの仕事は謝り行脚《あんぎゃ》だった。

営業も企画も関係なく、外に出られるものは外に出て会社を訪問し、謝るのである。中には「そんなこと気にしなくても大丈夫だよ」と笑って済ませてくれる社長もいたが「もうお前のところとは取引はせん！」と腹を立てる社長もいた。なんとか謝り倒して、契約の途中破棄ということにはならなかったのだが、それでも印象は悪くなったわけだし、次の契約はどうなるのかわからないというのが現状だった。

「本当にごめんね」

『先輩が謝る必要なんてないですよ！　やらかした山根君が一番悪いに決まってるんです！』

小春は社内に残っている美優に電話をしながら、そう頭を下げた。

全員が全員会社の外に出ると誰もデータをまとめられないし、電話も取れないということで数人が残ることになったのだ。

そんな彼女に小春は「とりあえずヨシツグ食品さんは契約そのままで……」と伝える。

ヨシツグ食品の社長は偏屈屋で有名なのだが、今回の事態には『まぁ、そういうことなら仕方がないな』と寛大に許してくれた。本当にありがたい限りである。

『先輩の持ち回り、あとは川端商事《かわばたしょうじ》だけですね』

「あそこの社長さん、私まだ会ったことないんだよなぁ」

『でも、すごく長くお世話になっている会社ですからね。行かないわけには……』

「わかってるわよ。頑張ってくる！」

川端商事というのはエトランゼ珈琲《コーヒー》の設立当初から取引がある会社で、輸入食品の十五％を賄《まかな》っている重要な取引先である。エトランゼ珈琲《コーヒー》で販売している主力商品の珈琲《コーヒー》豆も半分は自社輸入品だが、残り半分は川端商事が輸入したものを仕入れているといった感じだ。

つまり、他の会社とは比べものにならないぐらい落とすことができない会社なのである。

『頑張ってください！　先輩なら大丈夫ですよ！　それに、川端商事にはそんなに悪い報告書いってないはずですし！』

「そうよね！」

そんな後輩の鼓舞を受けて、小春は川端商事のほうへ向かうのだった。

川端商事の社長である川端幸輝《こうき》は、小春の伯父と同じぐらいの五十代半ばの男性だった。ジムで鍛えているのか身体は引き締まっていて、見た目は悪くない。しかしながら、無駄に日に焼けた肌や手入れの行き届いている肌、顎あたりに生えた髭が妙な胡散《うさん》臭さを醸し出していた。

小春は川端商事の応接間で、胸に込み上げてくる僅《わず》かな不信感を横に置いて、しっかりと頭を下げた。

「本当にすみませんでした！　今後このようなことは二度と起こらないようにするつもりです！」

「二度と起こらないようにって具体的にどうするつもりなわけ？」

「社員の教育をもっと徹底します！　あと、社内データへのアクセス権をもっと細分化させて、他の企業に関わるようなことは本当にごく一部の社員でしか取り扱わないようにします！」

「でも、その一部の社員がまたこんなことを起こさない保証なんてないでしょ」

「それは、……他の社員との二重チェックで！」

「でも、そのもう一人の社員がその子と一緒に悪巧みしていたらどうなるの？」

「それは……、そうならないように各々カウンセリングを……」

「今から悪いことをしようとしているやつらが、カウンセリングなんかで本当のこと言うとでも思ってるの？　というか、そのカウンセリングするやつもグルだったらどうするわけ？」

「えっと……」正直、意地悪な質問だと思った。悪いのは確かにこちらだが、改善しようとしている点に関して「それがダメならどうするの？」をたくさん重ねられては「そこまでは考えていませんでした」としか言えなくなる。もちろんそこまで考えておかねばならないのもわかるし、彼がエトランゼ珈琲《コーヒー》に不信感を抱いてしまっているのだろうということもわかるのだが、小春の立場から考えると、それはとても嫌な質問だった。

「結局さ、会社自体がダメなんじゃない？　あと、社長。社長がダメだよねー」

「――っ！」

大恩人である伯父のことを悪く言われ、小春は一瞬かぁっとした。しかしここで怒り出してしまうわけにもいかず、グッと奥歯を噛み締めて怒りを飲み込んだ。

そんな小春の様子に気づいているのかいないのか、川端はさらに悪口を重ねる。

「あそこの社長、俺と同い年ぐらいなのに、懐に入るのだけはやけにうまくてさー。親父もほんと変なのに騙されたよなー」

「騙された、ですか？」

「そう！　じゃないとあんな小さかった会社にうちの商品卸そうとしないでしょ？　しかも破格の値段で！　絶対なにか騙されてたと思うんだよなー。……ま、今になったらわかんないけど」

彼の父親である川端圭一《けいいち》は昨年亡くなっていた。それからは彼が会社を引き継いでいるのだが、彼の代になってからエトランゼ珈琲《コーヒー》に卸してくれる商品の料率が高くなっていたのだ。

「君、自分たちの会社の社長に会ったことある？　ないかな？　まぁ、一介の社員じゃ会うこともないよねー。俺はさ、会ったことがあるんだけど。ほんと嫌なやつだったよ。ずっと人のこと見下しているって感じがしたし、口うるさいし、一見真面目に見えるから、他のやつらのウケはいいんだけどね」

「……」

「でもまぁ、ああいうやつほど裏で悪いことやってるんだよ。君も悪いこと言わないから早く転職しな？　後悔しても遅いよー」

「わ、我が社の社長は、そんな人じゃないです！」

気がつけば、たまらずと言った感じでそう叫んでいた。川端は突然の反論に目を白黒させたあと、「へぇ」と面白いおもちゃを見つけた子供のように唇を引き上げる。

「社長に会ったことあるんだ？　もしかして愛人？　……そんなわけないか。お嬢ちゃん、世渡り下手そうだもんね」

川端は小春を馬鹿にしたようにカラカラと笑う。

そうして、もう話すことなどなくなったとばかりに席を立った。

「まぁ、とにかくうちはちょっと今後の契約を考えさせてもらうよ」

「そ、そこをなんとかできませんか？」

川端が立ち上がると同時に小春も立ち上がった。

川端商事は本当に大事な仕事のパートナーだ。今ここで契約を打ち切られるわけにはどうしてもいかない。しかし川端は、食らいついてきた小春を手で追い払うような仕草をしてみせる。

「できないできない！　今回のことであんたらは俺の信用をなくしたの！」

そう言われて、もうなにも発せられなかった。

立ち止まったまま「でも」「あの」を情けなく発する小春に、川端は少しだけ固まって、唇をニヤリと歪ませた。

川端は振り返ると小春の首もとに腕を回す。そして声をひそめた。

「でもまぁ、君が一晩寝てくれるってことなら考えるかも？」

「へ⁉」

「ほら、枕営業ってやつだよ。君が一晩寝てくれたら、俺だって考え直すかもしれないじゃん」

「や、やめてください！」

叫び声のような声を上げてしまったのは、肩に回った彼の指先がシャツの中に入ってきそうだったからだ。小春は慌てて距離を取ろうとするが妙なスイッチが入ってしまったのか、川端は小春を離そうとしない。

「本当にいいの？　断っちゃって。最後のチャンスかもしれないよ？」

「や、やめてくださいってーー！」

とうとう我慢できなくなった小春は、川端を押し返した。

まさか抵抗されるとは思わなかったのだろう、思いもよらない反撃に川端の身体は思った以上に後ろへのけぞる。

そしてそのままーー
「きゃ！」

「がっ！」

後ろへ倒れ込み、川端の後頭部は机の角に直撃。

あわや救急車という事態にまで発展した。

その日の夜。

「すみませんでした！」

小春は部長に頭を下げていた。

電話を置いた彼は、難しい顔で顎を撫でる。

「まぁ、いい。幸いなことに向こうも警察には行かないみたいだし、怪我の様子も大したことないらしい」

「ご迷惑をおかけしました」

「ただ、来季の契約はやはり考えさせてほしいとのことだ。このまま契約を続行という話になっても、仕入れ値は少々上げるという話でな」

「そんな――」

「しかも、向こうはお前にセクハラされたと言っている」

「え？」

小春は耳を疑った。

怪我をさせてしまったのは悪かったが、セクハラをされたのはこちらだ。その上、それでなんで来季の契約を考えるという話になるのだろうか。

「桐崎、お前はしばらく会社を休め」

「でも私——」

「わかってる。桐崎は別になにもしていないんだろう。あの人はちょっと女性関係が派手だからな。ただ、今回は相手が悪かった」

部長は長くて重々しいため息をつく。

「しばらくはゆっくりしてろ」

その言葉が重々しく小春の中を回っていた。

会社から帰った小春は、食事を取ることもなく自身の部屋に籠《こも》り、布団にくるまっていた。

彼女の頭を巡るのは、今日起こったことの数々。そこには怒りや悲しみ、後悔までも混じっていて、小春の目頭を熱くさせた。いろんなことを思い出すたびに、どうして自分がこんな目に……と思うし、もうちょっと自分がちゃんと立ち振る舞えていたら……とも思う。

でももうそれらは全て後の祭りで、小春がどれだけ後悔してももう変わらない事態だった。

「小春ちゃん、大丈夫?」

その様子を見かねたのだろう、涼が扉を開けてそう声をかけてきた。

小春が「はい」と答えると、彼は彼女のベッドのそばまでやってきて膝をつく。そして、こちらを覗き込んでいた。

「なにかあった？　大丈夫？」

「だいじょうぶ、です」

その言葉は自分が思っているよりも涙に濡れていた。

涼は布団を少しだけ捲《めく》ると、小春の顔を確認して、その目尻に溜まった涙を指先で拭う。

「本当に？」

その言葉には『約束でしょ？』という響きが含まれているような気がした。

小春は口を窄《すぼ》ませながら、「仕事で、ちょっと、失敗しちゃって……」と声を落とした。

「失敗の内容は？」

「ちょっと、言いたくないです」

「そっか」

前までだったらしつこく聞いてきただろうに、彼は旅行の時の約束を守りそこでぐっとこらえてくれた。

「俺になにか頼りたいことってある？」

「平気です」

「頑張りすぎてない？」

「頑張りすぎてないです」

涼に頼ればなんとかなるのかもしれないとも思う。でもこれは小春の問題で、小春の仕事の話なのだ。だから、安易に彼に頼るような真似はしたくなかった。

涼はわけを話そうとしない小春に眉尻を下げた後、話を変えるようにこう切り出した。

「今週末の食事会どうしよっか？　小春ちゃんが負担ならやめておく？　おばあさまには俺から言っておくよ」

「大丈夫です！　行けます」

小春は布団から飛び起きるようにしてそう言った。

仕事がうまくいっていない現在の状況で、プライベートまでダメにはしたくなかった。せめて挨拶ぐらいはちゃんとこなしたい。

小春の勢いに涼は目を剥《む》いたあと「無理しないでね」と苦笑いをこぼすのだった。

◆◇◆

そして、あっという間に食事会当日になった。

食事会の会場に選ばれたのは、小春のもらっている給料など一瞬で消し飛んでしまうような高級フレンチレストラン。しかも、繁忙期の夜にもかかわらず、今回のためだけに貸切にしてあるという特別仕様だ。当然、店内にいるのは小春と涼の二人だけ。なのにもかかわらずスタッフの数はおそらく通常営業している時と変わらないぐらいに揃っていた。

あまりの状態に緊張し切っている小春をよそに、涼は話しかけてきたスタッフと笑顔で談笑をしている。この様子から察するに、おそらくこんなのはいつものことなのだろう。

なんというか、改めて涼と自分の生きてきた世界の違いを実感させられる。

しばらく経って「お客さまがお見えになりました」というスタッフの声が届き、両開きの扉が開く音がした。そして顔を出したのは、これまた小春の考えていた『おばあちゃん』とはかけ離れた存在だった。

黒髪なんて一本も許さないような純白の髪に大きなサングラス。真っ黒なトレンチコートはふくらはぎまである長いもので、その下にはほっそいピンヒール。耳にはそれ一つで小春の一年分の生活費を賄《まかな》えてしまうのではないかというぐらいの大きな宝石がついていた。

彼女は小春たちがいるテーブルまでツカツカと歩いてくると、手に持っていたクラッチバッグをバン、と置いた。「ひぃ」と声を上げながら怯《おび》える小春に、彼女は前屈みになったまま自身の顔にかかっている大きなサングラスを上に持ち上げた。

「貴女が桐崎小春ちゃんね。私は堂脇エマ。涼の祖母です」

そう言って彼女は唇を引き上げた。

「ダメね。私は反対」

ワイングラス片手にエマはそう言いながら脚を組み替えた。その威風堂々《いふうどうどう》とした姿に涼は「おばあさま！」と食ってかかるが「ダメなものはダメ」と彼女は全く意見を変えてくれない。

反対されているのは、こともあろうか涼と小春の結婚だった。

エマは持ってきた資料を片手に、呆れたような目で二人を見つめる。

「涼が結婚する相手を見つけたとか言うから、こっちも事前に色々調べたのよ。だって変な子だったら嫌でしょう？　そうしたら貴女、最近自分の会社に大損害出したって話じゃない！」

「え？」

驚きの声を上げたのは涼のほうだった。

小春は目を大きく見開いたまま、身じろぎ一つできない。

「しかも、暴力沙汰まで。そんな子、うちの家に入れるわけにはいかないでしょう？」

「そ、それは――」

「黙って」

怒鳴るわけでもなくただピシャリと、小春は言葉を封じられる。

「事実か事実じゃないかはさておき、そういう噂が出ることがダメなの。そういう噂がどれだけの損害を生むか、貴女はわかっていない」

「それは……」

「どうしても認めてほしいのなら、貴女がちゃんとうちの嫁としてふさわしいところを示しなさい。噂は自分でどうにもならないにしても、自分のお尻は自分で拭けるぐらいの度量がないと涼とは結婚させませんからね」

エマはそれだけ言うと話は終わったとばかりに立ち上がった。

背を向けた祖母に涼は「おばあさま！」と声をかける。すると彼女は振り返ってこうも言った。

「貴方も貴方よ、涼。女性に現《うつつ》を抜かして仕事をおろそかになんてしていないでしょうね」

「そんなの――」

「私いつも言っているでしょう。自分をあげてくれるような女性と付き合いなさいって。ちちくり合うだけなら誰とでもできるのよ。女性に現《うつつ》を抜かして腑抜ける貴方なんて、もううちの孫じゃありませんからね」

呆然とする二人にエマは「私が言いたかったのはそれだけよ」と唇を引き上げた。そして颯爽と去っていく。

涼は慌てたようにその背を追いかけたが、小春は席から立てないまま、ただ無気力に自分の手のひらを見つめる。

(自分のお尻は、自分で、か)

そして、開いていた手をぎゅっと握りしめた。

◆◇◆

当然認めてもらえると思っていた結婚を祖母に認めてもらえなかった、その翌日。

「俺は会社を辞めるかもしれない」

涼は一世一代の告白を大樹にぶつけていた。当然驚くと思っていた大樹は、いつも通りの飄々《ひょうひょう》とした顔で「まぁ、あなたならどこに行っても大丈夫ですよ」と軽くいなす。

「俺は本気だぞ?」

「わかっていますよ。小春さんのためでしょう?」

昨晩の話を全て聞いていた大樹は、また驚くことなくそう口にした。

小春の会社であったことは昨日の晩、エマが帰ったあとに小春から全て聞いた。彼女が言い出しにくかった理由もわかったし、もし相談されていたとしてもできることは少なかったと思うのだが。だとしても小春一人にとても大きなものを抱えさせてしまった。こんなことなら多少抵抗されたとしても早く全てを聞き出せばよかった、と涼は心の中で深く反省した。

しかも、その話し合いの最中に会社から小春に電話がかかってきて、彼女はその電話で、川端商事がエトランゼ珈琲《コーヒー》との来季の契約をしない決定をしたことを聞かされた。

その時の小春の落ち込みようといったらなかった。

「ま、家を捨てる覚悟ができるぐらい好きになれる相手ができたってのはいいことじゃないですか」

「止めないのか？」

「会社を興《おこ》すようなことがあったら、またぜひ雇ってくださいね。それまでここで待っていますから」

「お前なぁ」

一世一代の告白なんて一切聞かなかったような顔をして全てを受け止める彼に、涼は頬を引きつらせた。しかし、彼はこういうところがいいのだ。涼には一生持てないだろう、こういう臆面もない態度が実に好ましい。だから涼は彼の友人を続けているのだ。

「でもまぁ、その必要はないんじゃないかなって思いますけどね」

「どういうことだ？」

「何日も何時間も、彼女の恋愛相談を受けていた私にはわかりますよ」

大樹はなぜか机に置いてある涼のスマホを指差した。涼の視線がそちらに向くと、彼はさらにこう続けた。

「彼女は、お人好しで、危なっかしくて、人のことばかり心配するような人間ですが、こんなことであなたを諦めるタマじゃありません」

大樹がそう言い切ると同時に、視線の先の涼のスマホが鳴り響く。

見れば小春からのメッセージを受信した音だった。

驚いた顔で大樹のほうを見たあと、涼はメッセージを開く。

するとそこには——

『数日ほど会社近くのビジネルホテルに泊まります。がんばるので、見ていてくださいね。自分のお尻拭ってきます!』の文章。

大樹はそれを覗き見て「ね?」と首を傾げた。

「お前、魔法でも使えるようになったのか?」

「まさか! 偶然です。このベストタイミングに、私のほうが驚いてるぐらいですよ」

その言葉に、涼は思わず噴き出した。

そして、涼も決意を固める。彼女がこの場で頑張ると言うのならば、自分が頑張らないわけにもいかないだろう。そうでなくては自分のほうが彼女の隣に立てなくなるというものだ。

「なぁ、大樹」

「はい？」

「そろそろコーヒーを飲みたくないか？」

「いいですね。コロンビアの美味しいやつが飲みたいです」

◆◇◆

「先輩、起きてください」

美優に肩を揺すられて、小春は目を覚ました。外はもう暗く、オフィスの明かりは小春のデスクのものだけを残して、あとは消えている。小春は目を擦りながらうつ伏せていた身体を起こすと、バキバキになった背中をこれでもかと伸ばした。

エマから結婚を反対され、涼に威勢のいいメールを送ってからもう二週間が経っていた。結局、小春は数日どころかほとんど家に帰ることなく、会社近くのホテルで寝泊まりをしている。理由はもちろん、自分の尻を拭くためだ。

「あと、もうちょっと！」

小春はまるで鼓舞するように自分の頬を叩く。

彼女が頑張る理由。それはもちろん、エマに自分を認めさせるためだ。認めさせて涼との仲も認めてもらう。それが、小春が涼のそばにいるための唯一の方法だった。

それともう一つ、小春が頑張る理由。それは――

（このままじゃ自分が恥ずかしいから！）

だった。

エマと話していて小春は気がついたのだ。自分が逃げていたことに。

仕事から逃げているつもりはなかった。今振り返っても誠実に向かい合っていたと思う。けれどトラブルが起きた時、小春は自分で解決しようとせず、ただただ時間が解決してくれるのをじっと待っていた。そのことに気がついたのだ。

時間が解決してくれるのをじっと待つ。それもダメな選択肢ではないだろう。会社からはしばらく休むようにと言い渡されていたのだし、それを正解だとする人もたくさんいると思う。

だけれど涼の隣に立つためには、小春はそれじゃダメだと思ったのだ。

だから、決めたのだ。自分で自分の尻を拭うと。涼のためではなく、涼と自分の将来のためではなく、自分自身のために、小春はそう選択したのだ。

「そんなふうに無茶をして、本当に大丈夫ですか？」

「うん。平気！　それに今日はもう帰るから」

時計を見れば二十三時になろうかというところだった。今まで連日徹夜だった小春からすれば今日は早く上がれるぐらいの時間帯だ。

「今日もホテルですか？」

「ちょっと家に服を取りに帰ろうかと思ってて……」

「それがいいですよ！　彼氏さん、喜びますね」

「そ、そうかな……」

頬がじんわりと熱くなる。

確かに、涼に会えるのは少し楽しみにしていた。まるで願掛けのように今までほとんど顔を合わせていなかったけれど、今日は少しぐらいなら話せるかもしれない。

「いっぱいイチャイチャして、しっかり充電してきてくださいね！」

そんな後輩の言葉に「そういうことはしないって」と言いつつも、小春は僅《わず》かに期待しながら、マンションに帰ってきたのだが……

「今日は遅いのかな……」

マンションの部屋の中は真っ暗だった。時計の針はもうテッペンを指しているというのに、涼はまだ会社から帰ってきていない。てっきり『小春ちゃん、おかえり』と涼が出迎えてくれるものだと思っていた小春は、そのあまりの呆気なさに少し呆然としてしまった。

玄関から靴を脱いでリビングに入ると、やっぱりがらんとした暗闇が広がっている。明かりをつけると自分が出ていった時よりも少しだけ雑然とした部屋が、小春を出迎えた。

「ここ最近、涼さんも忙しいのかな」

散らかっているわけではないが、いつもより少し乱れている部屋を眺めながらそうこぼす。なんだか面白くなくて、鞄を放り、小春はソファーにダイブした。

「なぁんだ」

ここには涼に会いに帰ってきたわけじゃない。服を取りに帰ってきただけだ。

そう思っているのに、胸の中が寂しさでいっぱいになり唇が尖った。

でもこれで良いのかもしれない。彼に会ったら決意が緩《ゆる》んでしまうかもしれない。

ここで会わないことが将来彼といるための我慢ならば、全然痛くも苦しくもない。

本気でそう思っているのに、心はくしゃくしゃして、小春はそのままソファーに身体を横たえた。瞬間、彼の香りがふわりと香って、胸の中を幸せでいっぱいにしてくれる。

しかし同時に寂しさもどっと押し寄せた。

「やっぱり、ちょっと会いたかったかも……」

今日、小春はこのまま家に泊まるつもりだが、涼はきっと帰ってこないのだろう。この時間まで帰ってきていないということは、つまりそういうことだ。つまり、明日の朝も小春は涼に会えないのである。

その時だ。小春の視界にとあるものが入った。それは彼のパジャマだった。ソファーの上に畳んで置いてあるそれを小春は手繰《たぐ》り寄せて顔を埋《うず》めた。

（涼さんが、いる）

洗ってあるにもかかわらず、パジャマからはやっぱり彼の香りがした。彼の香りに顔を埋《うず》めていると、まるで抱きしめられているような気持ちになってくる。

小春はそのまま目を閉じた。そして、這い寄ってくる眠気に身を任せるのだった。

◆◇◆

帰ってきて、最初に見た光景が、自分のパジャマに顔を埋《うず》めながら眠る恋人の姿、というのはなかなか胸に迫るものがある。しかも自分はこれから会社にとんぼ返りしなくてはならず、これ以上彼女と一緒にいることができないならなおさらだ。

涼は目の前の光景に口元を押さえつつ、彼女に近づいた。小春のそばに膝をつくと、彼女は幸せそうな顔で唇をむにゃむにゃと動かしている。思わずその唇に自分のそれを合わせてしまいそうになったけれど、そうしたら欲望が溢れて止まらなくなりそうだったからグッと我慢した。

「せめて話だけでもできたらよかったけど……」

涼は彼女の前髪を払いながら少し恨めしそうにそう言った。

書類を取りに戻ってきただけだから、リミットは十分ほど。十分あれば会話ぐらいはできるかもしれないが、こんなに気持ちよさそうに眠っている彼女を起こすのは忍びなかった。

涼は小春を起こしたい気持ちをグッと抑えて、彼女を抱えた。そして部屋まで連れて行くと、小春を布団に優しく下ろした。掛け布団をかけてやれば彼女はまた幸せそうに笑って「りょう、さん」と呟いた。

「小春ちゃん」

彼女の額《ひたい》にキスを落とす。本当は触れ合いなんてしないほうがいいのだろうけど、もうたまらなかったのだ。このぐらいでは全く満足できないけれど、なければ気が狂ってしまいそうだったのだ。

「愛してる」

その呟きが彼女に届いたのかはわからないが、小春はヘラリと笑ったあと、また「りょう、さん」と呟くのだった。

◆◇◆

それからさらに二週間後。

「失礼します！」

小春の姿はとある洋館の中にあった。

雄々しくそう言いながら入ってきた小春を出迎えたのは白髪の美女。

漫画や小説の中でしか見たことがない燕尾服《えんびふく》の使用人を従えた彼女は、最初に見た時と同じように楽しそうに唇を引き上げた。

「あら、お久しぶりね。小春ちゃん」

「伯父さんから、今日この日にもう一度フランスからお戻りになると聞いて、待っていました！」

それに相対する小春はまるで戦士の表情で、ある種の覚悟を決めた目で彼女を見据える。なんてったってこの一ヶ月間、この日のためにほとんど家には帰らなかった。帰る場所といえば会社近くのホテルで、家には着替えを取りにいく時にしか帰らなかった。

それだけ時間が惜しかったということもあるが、それ以上に涼と一緒にいると決意が鈍ってしまうのではないかと思ったのだ。

「それで、今日はどうしたのかしら？」

「私が自分の失敗を拭える女だってところをエマさんに見てもらいたくて！」

「あら」

「まずはこれを見てください！」

小春はどんとエマの前にファイルを置く。

「これは、『来季から川端商事が抜けた穴をどうやって補うか』を私なりに考えてまとめた資料です」

それから小春は延々と一時間に渡り、川端商事が抜けたあとのシミュレーションと対策について説明をした。さらに現在取引している物の代替え商品とそれを仕入れている会社、そこからエトランゼ珈琲《コーヒー》に入る時の卸値の予想価格まで載せた資料と川端商事が抜けた場合の会社の損益表までそのファイルには挟んであった。

中にはもう契約まで結んでいる会社が数カ所あり、そこには赤ペンで丸がつけられている。

これは会社に提出したものと同じもので、もちろんエマに見せることは伯父にも許可を取ってあった。

「以上の結果から、マイナスは出ても現在の利益の三％だという試算が出ました」

その長々とした説明を終えたあと、小春はどこから出してきたのかもう一冊同じ厚さのファイルを取り出した。そして、先ほどのファイルの上に、どん、とそのファイルを積み重ねた。

「続いてこちらが、『その三%をどうやってプラスに転じさせるか』についてまとめた資料に——」

「あぁ、もういいわ。もういい。貴女が頑張ったのはよくわかったわ」

さらに上に積まれたファイルを一切開くことなく、エマはそう言って音をあげた。そして、こうも続ける。

「まったく、日本に帰ってきていきなり三時間以上のプレゼンを聞かされる私の身にもなってちょうだい」

「え？　三時間って私はまだ……」

一時間ちょっとしかプレゼンをしていないはずである。

小春のプレゼンがあまりにも長ったらしくて三時間に思えたと言う可能性は捨て切れないが、だとしてもそれならばもっと違う言い方になっていただろう。

首を捻る小春に、エマはふっと笑う。

「本当、貴方たちって同じこと考えてるのね」

「貴方たち？」

その呟きに、エマは彼女が入ってきたのとは別の扉に「入ってきていいわよ」と声をかける。すると扉が開き、見知った人物が顔を覗かせた。

「えぇ!? 涼さん」

「ごめん。黙って聞くつもりはなかったんだけど『そこで黙ってなさい』って言われて……」

つまり、小春の前に二時間プレゼンをしたのは涼だったということだ。

「ちなみに涼は私にプレゼンしにきたっていうより、脅しにきたっていうほうが近いかしら」

「え？」

「平たく言うとね。『あんまりゴタゴタ言うと、お前の会社乗っ取るぞ』って脅されたの。手土産持参で。ほら、私もフランスのほうにグループの会社を一つ持っているから。アパレル系の、ね」

「でも手土産って……？」

涼の話からてっきりエマは隠居の身なのだと思っていたが。

「川端商事」

「へ？」

「川端商事さん、M&Aで手に入れたんですって。まぁ、M&AっていってもTOBで無理やり取っちゃった感じの敵対的買収なんだけどね。涼ったらそれをちらつかせながら『貴女もこうなりますよ』って脅してきたのよ。もぉ、わが孫ながら性格が悪いっていうか、本当に素敵に育ってくれて鼻が高いっていうか。というか、彰《あきら》も涼に経営決定権のほとんどを譲渡してるなら、そう言ってくれなきゃ。ねぇ？」

彰というのは涼の父親だ。つまり彼女の息子ということになる。

「あぁ、でも、小春ちゃんの努力が無駄ってことはないからね。川端商事さん、エトランゼ珈琲《コーヒー》との契約は随分前から更新しないことが決まっていたのよ。経営権が涼側に行ったとしてもトップを全てすげ替えるってわけにはいかないから、どっちみち来季は契約しないわ。というか、これを言い出したくなくて社長さんは今回のことを利用したみたいね。まさかそれでうちの孫を怒らせて、社長職から解任されるとは思ってもみなかったんでしょうけど」

エマはそう言いながらカラカラと笑う。

自分の祖母に全てをぶちまけられた涼は頬をかいた。

「というかおばあさま、そこまで事情を知ってるってことは、俺たちのこと騙しましたね」

「ええ、騙したわ。ごめんなさい。でも、小春ちゃんがうちの涼と結婚するのに相応《ふさわ》しいかどうか見極めたかったのよ」

エマは悪びれることもなくそう言いながら立ち上がった。そして、小春の前に立つと優雅な仕草で腕を組む。

「私が育てた家に、守られているだけの弱い女はいらないの。でもまさか、ここまでの働きを見せてくれるとは予想外よ。一ヶ月でよくここまでの資料を作ることができたわね。新規の会社、ざっと見ただけでも二十社以上あるじゃない。素晴らしいわ」

「あ、ありがとうございます！」

「涼も。貴方はついでだったけれど、私を脅すなんてゾクゾクしちゃったわ。いい男になったわね」

「……はぁ」

孫のため息を受けてもなおも楽しそうにエマは微笑む。

「いいわよ。二人とも結婚しなさい！」

そうして小春はエマにギュッと手を握られた。

「これからよろしくね。小春ちゃん」

その日はエマから食事に誘われ、結局、帰るのは夜になってしまっていた。

自分の与えた試練を乗り切った小春を妙に気に入ったのか、エマは「結婚式はどこでしようかしら？」「入籍日はいつにするの？」「一応私、どちらかといえばひ孫を見たいほうの人間なのだけれど、二人に予定はあるかしら？　ないならないでも全然構わないのよ？」と前のめりで結婚話を進めてきた。本当に、一ヶ月前とはすごい変わりようである。

彼女の怒涛の質問に小春はしどろもどろになりながら答え、解放されたのがつい先ほど。解放される時だって、「次に帰ってくるのは二ヶ月後だから、その時までにこれとこれとこれを決めておいてね！」と元気に宿題を提示して見送りをしてくれた。本当に元気な人である。

小春は涼の車に乗りながら、その日一日の出来事を思い出して、ほぉっと息を吐く。

「なんというか、全てがエマさんの手のひらの上だったんですね」

「まぁ、おばあさまは昔からそういうところがあるからね。人を試すというか。意地悪というか」

「もぉ！　それならそうと教えてくれればよかったじゃないですか！」

「それがあの人の意地の悪いところでさ。半分は冗談なんだけど、残りの半分はやっぱり本気なんだね。……つまり、今回小春ちゃんが根性見せてくれなかったら、やっぱりおばあさまは俺たちの結婚を反対していたと思うし、今こうやって仲よく帰るのも叶わなかったってわけでさ」

だから結局状況は同じなのだと、涼は苦笑する。

「だから、こんなふうに今があるのは小春ちゃんが頑張ってくれたおかげ。本当にありがとね。俺から小春ちゃんを奪わないでくれて」

涼のその言葉に心臓が大きく高鳴った。いつも通りに話しているように見えるが、こうやってまともに話すのは一ヶ月ぶりなのだ。涼の何気ない言葉や表情にドギマギするのに、こんな甘いセリフを吐かれた日にはもう心臓がまともに動かなくなってしまう。

密かに頬を染めた小春に気づいているのかいないのか、涼は少しだけ声のトーンを下げた。

「でも本当に今回は情けないな。結局俺はなにもできてないわけだし」

「そ、そんなことないですよ！　涼さん、私のためにエマさんを脅してくれたって話だったじゃないですか！　しかも、川端商事を……って！　そういえばなんで川端商事のこと教えてくれなかったんですか⁉」

たった今思い出したといわんばかりに声をあげる小春に、涼は苦笑を浮かべる。

「頑張っている小春ちゃんに悪いなぁって思ったんだよ。それに、もうどうせ来季の契約は切れるってことがわかっていたからさ。変に期待させてもいけないって思って」

「そんな――」

「そもそも川端商事のことは小春ちゃんのことと関係なく、前々から狙ってたんだよ。もちろんそこだけじゃなくて、他の同じような会社も候補に入ってたんだけどね。その数ある候補の中で俺が彼の会社に決めたのも、やっぱり小春ちゃんを守りたいとかそういう感情じゃなくて、単に、俺が彼に腹を立てたから、だったわけだし……」

「涼さんが、腹を立てる？」

「好きな女の子を泣かせるだなんて、最悪の所業だと思わない？　だから、それなりに罰は受けてもらおうと思って……」

涼は肩をすくめながら、「小春ちゃんが彼のこと許しても、俺は到底許せないからさ」と困ったように笑う。

「ま、蓋《ふた》を開けたら、会社のお金の使い込みとか、不正なお金のやり取りとか、それなりに色々見つかって。遅かれ早かれ彼はきっと会社を辞めることになってたんだろうって感じだったけどね」

「そうなんですか？」

「うん。社内でも色々と問題になってたみたい。でもまぁ、あれだけの大企業なのに、彼、すごくワンマンだったから、誰も口が出せなかったみたいでさ。会社を乗っ取ったのに、役員の一人からは涙ながらに感謝される始末だよ」

「ところで涼さん。さっき会社から連絡があって、山根君が会社に来て各部署に謝りに行ってるっていうんですけど……」

「そう。よかったね」

「もしかして涼さん、なにかしました？」

「どうして？」

「どうしてって……」

　この流れで山根が一人で謝りにくるというのはあまりにもおかしな流れだろう。誰かになにか弱みを握られて、脅されでもしないと、彼がこんな自分になんの利もないことをするはずがないと思ったのだ。

「まぁ、彼も死にたくなかったんじゃないかな。社会的に」

「社会的に……」

「そう、社会的に」

　その口調で、はっきりした。山根を脅したのは涼なのだと。

　どんな情報を得て、どのように脅したのかはわからないが、この反応は十中八九間違いないだろう。

　そして、彼にそこまでさせた理由はもちろん――

「涼さん、また過保護になってますよ？」

「これもダメだった？」

　小春である。

　彼女は唇をへの字に曲げたあと、長いため息をつく。

「正直、ちょっとスッキリしましたけど！　でも、私なんかのために、あんまり無茶をしないでください！」

あんまり恨みを買うのはよくない。相手が一方的に悪い、今回の場合だってそうだ。だってもし山根が逆ギレをして涼に襲いかかってきたら、彼はどうするつもりだったのだろうか。なにも失うものがない人間は怖いというし、自分のせいで涼が……なんてことになった場合、小春は自分のことを到底許せなくなってしまうだろう。

小春の言葉に、涼はあからさまに不機嫌になった。『君のためにやったことなのに！』と気分を害したのかと思ったが、彼が不機嫌になったのは別の理由があった。

「私なんか、なんて言わないで」

「え？」

「いくら小春ちゃんでも、俺の恋人の悪口を言うのは許さないから」

その言葉に、またきゅんとした。高鳴った。心臓が内側から彼女の豊満な胸を叩く。

彼はどうしてこう、小春が喜ぶことばかり言ってくれるのだろうか。

もしかして、彼は小春の心が読めるのではないかとさえ思ってしまう。

そう思っているうちに、車がマンションの駐車場に着いた。小春が車を降りようとすると、急に手首を掴まれ、行動を制される。

「え？」

「家に入る前に、ちょっといいかな」

「どうかしたんですか？」

もしかしてなにかやらかしたのかと小春が不安になっていると、涼はじっとこちらを見つめ、小春の両手を取った。

「本当はさ、こんなところで言うのはどうかなって思うし、当初の予定ではもうちょっと落ち着いてからって思ってたんだけど。このまま先延ばしにするのに俺が耐えられそうもないし、というかもう本当に我慢できないから、言ってもいい？」

「はい？」

小春は首を傾げる。ここまでもったいつけてなにを言われるのだろうと思うのだが、様子からして別れ話ではないようで、それだけは安心した。

なんとなくなにも発することができないような真剣な雰囲気に、小春も身を正す。すると、涼はポケットからなにかを取り出し、小春にぎゅっと握らせた。それは小さな箱のようなもので、けれど涼が小春の手を上からぎゅっと握っているせいで中身はわからない。

「これ、もらってくれる？」

不安げにそう言って、彼はゆっくりと小春の手を包むようにしていた己の手を離す。すると自分の指の隙間から紺色の小さな箱が見えた。手触りのいいベルベットが貼られたその化粧箱に、小春の胸が一つ高鳴る。

「これって――」

小春の予感が正しいのならば、彼が今しようとしているのは――

そのことを理解した瞬間、顔が熱くなった。瞳が潤み、唇が震える。まだ早いとわかっているのに、予感を感じ取っただけで、嬉しくて胸がじわじわと熱くなった。

涼は固まる小春から化粧箱を受け取ると、ゆっくりと開いてみせた。

「小春ちゃん。俺と、結婚してくれないかな」

そこにはやっぱり指輪が入っていた。

「――っ！」

事実が胸に迫って、呼吸が浅くなる。たまらず顔を覆うと、涼が小春の肩を掴んで自身のほうへ引き寄せた。そして、苦しげな声でこう懇願《こんがん》してくる。

「早く『うん』って言って。早く、俺のものになって。お願いだから」

こんなことをしなくても自分の心も身体ももうとっくの昔に彼のものなのに、それでも確固たる繋がりで自分を引き止めようとしてくれる彼に、どうしようもない愛が溢れる。

気がつけば涙が頬を滑っていて、嗚咽《おえつ》がもれた。

「ねぇ、小春ちゃん」

「わたしも、りょう、さんと、けっこんしたい、です」

そう、必死に言葉を紡ぐと、彼も胸が詰まったような顔をして、またぎゅっと抱きしめてくる。その力が今まで抱きしめてきた中で一番強くて、「ありがとう」と囁く声も一番優しくて、それだけで胸に幸せが溢れてまた瞳から想いが転がり落ちた。

それからしばらくは二人で抱きしめ合っていた。今世界が滅びてもいいと思えるぐらい幸せで、同時にこれからの人生を長く長く彼と生きていきたいとも強く願った。


「ところでどうして家に入る前だったんですか?」

小春がそう聞いたのは、指輪を左手の薬指に着けてもらっている時だった。どうしてこのタイミングでプロポーズしてくれたのかそれが気になったのだ。別に、車の中でのプロポーズに不満があったわけではない。本当に嬉しかったし、今だって胸が躍っている。それでも、どうして……と思うのだ。家に帰ったあと、ゆっくりしてくれてもよかったのに、と。

小春の問いに、涼は「家に入ったら、その……」と言葉を濁す。意味がわからず小春が首を傾げていると、涼は彼女の耳にこう囁いてきた。

「たぶん、抱きたくてたまらなくなるから……」

その言葉の意味を正しく理解した瞬間、小春の顔は一気にぼんっと赤くなる。

あわあわと狼狽《うろた》え出した小春に、涼は「ごめん。疲れてるのに」と眉尻を下げた。しかし、その言葉には、疲れていようがなんだろうが抱く、という彼の強い意思が隠れているようで、小春の体温はまた上がった。

涼はぎゅっと小春の指に自身のそれを絡めてきた。

「ダメ?」

「ダメじゃ、ないです」

私も涼さんに触れたかった。

その言葉はさすがに恥ずかしくて言えなかった。

一ヶ月ぶりのその行為は、玄関から始まった。

始まったというよりは待てなかったという表現のほうが正しくて、二人は二人っきりの空間に入るとすぐに互いを貪《むさぼ》り合った。

キスをして、身体に手を這わせ、互いの気持ちいいところを刺激して、もう一度キスをした。

言葉というものはほとんどない。黙っていてもお互いの気持ちが手に取るようにわかるからだ。二人が目指している場所はたった一つで、そこを目指して駆け上がっていくような感覚。

そのセックスはまるで獣のようだった。

彼らが唯一交わした会話といえば、

「ここじゃなくて、ベッドがいいです」

という小春の願いに、涼がキスで答えたぐらいだった。


「はっ、ん、あ、ぁん、ん、ぁ」

熱くて太い肉棒を抜き刺しされるたびに小春は喉を晒《さら》す。

膝裏に手を回され、両脚は大きく開かれていた。ずるずると抜かれた肉棒は何度も容赦なく子宮口を突き上げる。

「きもちいい？」

「きもちいい、です。——んんん！」

ぐりぐりと腰を回され最奥を確かめられたあと、今度はゆっくりと抜かれ急に、ぱん、と突き上げられる。

そのあとは、もう呼吸も忘れるぐらい求められた。

理性なんて残らないぐらいに求められて、お互いの肌をぶつけ合う音と、荒い呼吸だけが部屋の中に満ちる。

「小春ちゃんって、ここ好きだよね」

「あぁあぁ……」

クリトリスを親指で押し潰されながら、これでもかと突き上げられて、小春はシーツに足を突っ張った。喉を晒《さら》して、いやいやと首を振って、それでも構わず責め立てられて、最後は彼の背中に爪痕を残しながらお互いに達する。


それが一回目だった。


二回目の行為も突然始まった。

一回目の余韻が残らないうちに身体をひっくり返されて、臀部《でんぶ》を持ち上げられ、挿入された。

「まって！　まだ、いって――！　やぁあぁ――んんん……」

そんな小春の願いなど聞こえていないかのように、涼は先ほど精を放ったそこに被せを替えた己の雄をゆっくりと挿入する。すでに一度精を吐き出しているというのに、彼のそこはパンパンに膨れ上がっていた。

そしてまた腰を動かし始める。

「可愛い。小春ちゃん可愛い」

「まって、ぁあぁ！　はっ、ん、りょうさ――」

背中を舐められ、身体が震える。

もうそれだけで達しそうなほど、小春は全身が敏感になっていた。それをわかっているのだろう。彼は後ろから突き上げながら抵抗できない小春の身体を弄《いじ》る。

首筋にキスを落として、痕をつけるのはもちろんのこと。乳首をこねくり回して膣内が締まるのを楽しんだり、両腕を引っ張りながら激しくピストンしたりした。

「あああ……！　りょうさ、はっ、ぁん、あぁいっちゃ……ぅ」

「うっ」

二回目はそんな激しさのまま、終わりを迎えた。

そして三回目――

「うわ。絶景」

「んんん――」

小春が寝転がる涼の上にまたがる形で始まった。

二人ともまう二度も達しているので、互いに余裕があるような、でも身体には余裕がないような変な感じだった。

「ううう、恥ずかしいです」

「でもこれ、小春ちゃんが望んだことでしょ？　『涼さんばかり主導だったら、私死んじゃいます！』って……」

「それはそう、ですけど」

「ほら、ちゃんと腰落として。じゃないと待ちきれなくて下から突いちゃうよ？」

「それは――」

さすがにもう無理だと、小春は言われたとおりに彼の上に腰を下ろした。最後まで入るのには抵抗はあまりなく、しかし、潤んで敏感になった裂肉は三度の挿入に喜んでひくついた。

「はあぁ……、――んっ！」

大きく息を吐きながら全て咥え込んだと思ったら、下からズンと一度だけ突き上げられ、小春は息を詰めた。そして、涼を見下ろしながら「涼さぁん？」と怒ったような声を出す。

「いや、もう待てなくてさ」

「えっち！　変態！　大人しく待ってくださいよ」

「わかったわかった。ちゃんと待つから、しっかり動いて、ね？」

「わかり、ました……」

小春はゆるゆると腰を引き抜き、同じ速度で腰を下ろした。

一回、二回、三回、四回……

腰を下ろす回数が増えるたびに、だんだんと小春が腰を下ろすスピードも上がっていく。彼のまあるい先端が小春のいいところを刺激して、攻められてもいないのに、高まっていく。

「ぁ、はっ、あ、ぁ、ん」

小春が腰を動かすたびに大きな胸が上下に揺れて、そちらでもパンパンと音がした。

「すごいね。胸が大きいとそういう音がするんだ」

「わたしも、しらなかった、です」

下から眺める涼は口元を隠している。なんとなくその手の下がにやけている気がして、小春がその手を取ると、彼は自身の顔を見られないように小春の後頭部に手を回し、無理やりキスをした。

そのままキスをしながらも小春は必死に腰を動かす。

「自分で腰を動かしながら、ドロドロになってる小春ちゃん。可愛い」

「――っ！」

乳首をぎゅっとつままれ、小春は思わず腰を止めてしまった。

腰を止めることは涼にとっては想定内だったようで、というか狙っていたようで、彼はこの隙にと小春と涼の位置を入れ替える。

そして、床に寝かせた小春に自分の雄を突き立てながら、彼は妖艶《ようえん》に笑った。

「でももうダメ。限界。俺が動くね」

「やだ、あぁ！　はっいや、んぁあぁぁ！」

最後を思わせる抽送が始まる。

小春も必死で涼に縋《すが》った。ガツガツと最奥を抉《えぐ》られて、もう頭も心も蕩けてしまいそうになる。

「小春ちゃん、愛してる」

「わたしも、あいして、ます」

同時に達する瞬間、二人はそう囁き合いながら唇を交わすのだった。

エピローグ

その日、俺は世界で一番幸せな男になった。

アーチ型の天井に、響き渡るパイプオルガンの音色。ステンドグラスの光は二人に降り注ぎ、幸せだけをぎゅっと集めたような雰囲気が、大聖堂の中に満ちる。

涼と小春はお互いに見つめ合い、牧師が二人の愛を確かめる。

「新郎、堂脇涼。あなたはここにいる桐崎小春を妻とし、健やかなる時も、病める時も、喜びの時も、悲しみの時も、富める時も、貧しき時も。これを愛し、敬い、慰め合い、共に助け合い、その命ある限り真心を尽くすことを誓いますか？」

「はい。誓います」

「新婦、桐崎小春。あなたはここにいる堂脇涼を夫とし、健やかなる時も、病める時も、喜びの時も、悲しみの時も、富める時も、貧しき時も。これを愛し、敬い、慰め合い、共に助け合い、その命ある限り真心を尽くすことを誓いますか？」

「はい。誓います」

二人はその言葉に微笑み合ったあと、指輪を交換する。

「それでは誓いのキスを」

牧師がそう宣言をして、涼は軽く頭を下げた小春のベールにそっと触れる。

新婦の顔を覆っているベールは、二人の愛を遮《さえぎ》るものの象徴だと聞いたことがある。このベールアップは、そんな障害を乗り越えて、二人が一つになるという意味を持っているらしい。

涼はこれまでのことを思い出しながら、小春のベールをゆっくりと持ち上げた。

思えば、自分たちには色々な障害が降りかかってきた気がする。

なんていったって、小春の第一印象は好感の持てる痴女《ちじょ》だった。その誤解が解けてからは彼女が自分と幼馴染の仲をずっと誤解していて、そのせいで涼までも幼馴染と小春ができているんじゃないかと疑ってしまった。それらが解決して、お互いに想いが通じてからもやっぱり障害は多くて、特に最後のエマから突きつけられた試練は、本当に途中で挫《くじ》けそうになったほどだ。

もちろん、小春との将来のために投げ出すつもりはなかったのだが、普通だったらちょっと脇に置いてしまっていたかもしれないという難易度の高さだった。

振り返ると自分たちのベールは結構な厚みで歪《いびつ》だったことがわかる。それでも、その思い出全てを涼は愛おしいと思っていた。だってどの思い出にも、必ず彼女がいたのだ。彼女がいるだけで、厄介な事象や体験が、全てなにもかもいい方向へと変換されていき、いい思い出へと昇華するのである。

（小春ちゃん）

涼は心の中でそっと彼女の名前を呼ぶ。するとその声が通じたのだろうか、彼女は長い睫毛を上げて、涼を見上げた。そして、微笑んでくれる。

小春の微笑みはいつも可愛いけれど、なんだか今日はやっぱりすごく特別で、もう本当にそれだけで胸が幸せでいっぱいになってしまう。

涼は小春のベールを整えて、二人は互いに歩み寄る。

そして、永遠を誓うキスを交わした。


披露宴はチャペルの外のプール付きのプライベートガーデンで行われた。

小春との話し合いで、披露宴にはせわしないイベント等は入れなかった。みんなそれぞれ会話の時間を楽しんでほしいと思ったからだった。

涼の両親も、祖母も、友人も、大樹もみんないる中で、立食パーティが開かれる。小春のほうも育ての両親と弟、それと友人たちに囲まれてとても幸せそうだった。

大きなプールを囲うようにいくつかの机が並べられていて、皆それぞれに思い思いの人間と、思い思いの時間を過ごしている。真ん中のプールには、大小様々な花と色とりどりのリボンが浮かべられていて、もうそれだけで会場がこれでもかと華やかになっていた。

「おめでとう」

「おめでとうございます！」

口々に言ってくる彼らを相手にしていると、大樹が「おめでとうございます」と酒を片手に近づいてきた。

大樹はそんなにお酒に強くないのだが珍しく飲んでいるようで、あんまり呂律《ろれつ》が回っていなかった。もちろん顔は赤い。

「りょうさん、幸せそうでなによりです！」

「お前、飲んでるな？」

そう涼が半眼になると大樹はまるで子供のように口を窄《すぼ》めた。

「今日ぐらいはいいでしょう？　本当に嬉しい日なんですから！」

大樹は普段では考えられないくらいの満面の笑みだった。それぐらい本当に嬉しいのだろう。

普段飲まないお酒を飲むぐらい。普段浮かべない満面の笑みを浮かべるぐらい。

涼は大樹の背中を叩く。

「お前にも、なんというか、世話になったな」

「はい。本当に、お世話しましたね」

いつも通りの飄々《ひょうひょう》とした態度でそう言ってのける。それが少し腹立たしいやら、おかしいやらで涼も一緒に笑ってしまった。

幸せだった。本当に幸せだった。

この時までは——

「実は涼さんにあげたいものがあるんですよ」

「あげたいもの？」

「はい！　お祝いっていったらこれでしょう？」

そう言って大樹がポケットから取り出したのは――

パァァァァァァァン――――！

クラッカーだった。もちろん食べるほうのではなく破裂するほうのクラッカーである。しかもそれを、彼は涼に向けていきなり鳴らしたのだ。

それなりの距離があったものの、音は大きく、カラーテープは容赦なく涼に降りかかった。

「わわわっ！」

予想だにしなかった祝砲に、涼はプールサイドで足を滑らせてしまう。そのまま背中から勢いよくプールに飛び込んでしまった。

水しぶきとともに花とリボンが舞い上がる。

太陽に照らされた水滴がまるで宝石のようにキラキラと輝き、彼の上に降り注いだ。

「お前！」

頭にリボンをつけた状態で、涼はプールサイドに立つ大樹に、プールの中から怒鳴り声を上げた。

大樹は悪びれる様子もなく「あははっ！　かっこいいですよ、色男！」と声を上げている。

「お前酔ってるな！」

「だから、最初から酔ってるって、言ってるでしょう？」

祝砲の音が大きかったためか、衆人の視線は二人に釘付けだ。

（あぁ、もう、なんでこんなことに……）

別に濡れ鼠《ねずみ》になるのは恥ずかしくない。大樹のやったことなのだし、正直呆れているだけで怒りさえも湧いてこない。ただ、小春がこの姿を見たら恥ずかしいだろうなと思って、それだけが本当に申し訳なかった。

「涼さん、大丈夫ですか⁉」

そんな騒ぎになって、もう一人の主役が涼の変化に気づかないわけがなく、小春はすぐさま走ってきた。そして、涼の姿を見て呆然とする。

「ごめん、小春ちゃん。こんなことになって。今すぐ着替えて――」

「涼さん！　なんか、すごく可愛いことになってますね！」

小春はプールの中で花だらけになっている涼を見るや否や、そんな弾《はじ》けるような声を出した。そして、彼女は靴を脱ぎ、ドレスのスカートを捲《たく》し上げた。そして――

再び上がる水しぶき。

涼は、自分と同じようにプールに飛び込んできた小春の腰を支えながら、彼女の顔を呆然と見つめた。

「なんで飛び込んでくるの？」

「どうしてでしょう。なんだかとっても楽しそうで！　私も仲間に入れてほしいなぁって」

小春から見たら、二人は戯れているように見えたのだろう。そして、涼はじゃれあいの延長線上でプールに飛び込んだのだと思ったのかもしれない。

新郎も新婦もプールに飛び込むという異常事態に、客たちはみんなプールのそばに集まっていた。

小春はそんな彼らの視線に臆することなく、涼に向かって微笑んでみせる。

「それに、健やかなる時も、病める時も、って約束したじゃないですか？」

「だから、水の中にも？」

「ってことなんですかね？　私にもよくわからないです！」

あはは、と笑う彼女の頬はほんのりと熱《ほて》っている。それを見て涼は、なるほど、と理解した。彼女はきっと誰かに酒を飲まされたのだろう。だからこそ、こんな奇行に走っている。

涼は小春の鼻の頭に付いている花びらを取る。すると彼女はキョトンと首を傾げたあと、「ありがとうございます！」と声を弾《はず》ませた。

もうそれで、涼は堪えきれなくなった。

「ふふ」

「涼さん？」

「ははは っ」

もう、なんだかもう、色々と馬鹿馬鹿しくなったのだ。

新郎も新婦も衆人環視の中プールに浸かっていて、髪の毛にはいくつもの花びらとリボンをつけている。

こんな披露宴、なかなかないだろう。もうこれ以上ないぐらい印象に残る思い出だ。

涼は小春の様子をまじまじと見る。

彼女の髪の毛には飛び込んだ時の花びらがいくつかついていて、なんだかそれが最初からあった彼女の髪飾りみたいに見えて、涼は眩しそうな顔で目を細めた。

どうして彼女は、こうも自分を元気づけてくれるのだろうか。

涼はプールに浮かんでいる花を一輪取ると、彼女の耳のあたりにそれをさす。

水滴を浮かべながら微笑む小春はなんだかとても神秘的で、まるで女神かと思ったほどだった。

「涼さん、一緒に幸せになりましょうね？」

「うん。一緒に幸せになろう」

二人は本日二回目の誓いのキスをする。

すると会場内から大きな拍手が沸き起こった。

書き下ろし番外編

体調不良の原因は？

マスクと、帽子と、サングラス。できるだけ背景に溶け込むような暗い色の上着に、足音があまりしない、それでいていつでも走り出せそうな靴。

それらを身に着けた不審者・堂脇涼は、数メートル先の彼女が振り返ると同時に電信柱の陰に隠れた。

心臓がばくばくと嫌な音を立てて、額《ひたい》に冷や汗が滲む。

視線の先にいる彼女は脇を通った猫を見て頬を緩ませたあと、再び前を向いて歩き出した。どうやら尾行に気がついたわけではなさそうである。

涼が尾行をしている女性は、もちろん先日結婚したばかりの愛しい愛しい妻。

桐崎、改め、堂脇小春だ。

どうして涼が小春を尾行することになったのか。

それは、三日前に遡《さかのぼ》る。

久しぶりの二人っきりで過ごす休日。

二人の暮らすマンションで、そのやりとりは行われた。

「はぁ。辛いなぁ……」

その呟きはあまりにも小さいものだった。

あまりにも小さくて、常人ならば聞き逃してしまいそうなほどだったが。新妻が可愛くて仕方がない涼は、当然、その呟きを聞き逃さなかった。

どこか苦しそうに息をつく小春に、涼は近づく。そして後ろから彼女を覗き込んだ。

「どうかしたの？」

「え？」

突然、話しかけられたからか、小春の身体が跳ねる。

振り返った彼女の表情は、どこか強張っているように見えた。

「さっき、辛いって言ってなかった？　もしかして、体調でも悪い？」

結婚式から今まで、あまりゆっくりすることができなかったから、疲れが一気に出たのかもしれない。

涼はそんな軽い気持ちで質問したのだが、返ってきた言葉は想像よりもずっと焦っていた。

「そ、そんなことないです！」

「そう？」

「全然！　まったく！　少しも！　辛くなんてないです！」

小春はぶんぶんと首を振る。

あまりにも必死な様子に、涼の胸がざわめいた。

小春の反応はどこからどう見ても何かを隠している人間のそれだったからだ。

「もしかして、俺に言いたくないことでもあるの？」

「ありません！　なにも隠していません！」

そんなことを言われたら、もう隠していると言っているようなものだ。

涼の眉間には皺が寄る。

その表情をどう取ったのだろうか、小春はどこか急いだように立ち上がり――

「とにかく、大丈夫ですから！」

――と、逃げるようにリビングから立ち去ってしまった。


その日から小春の様子は明確におかしくなった。

最初に変化を感じたのはため息の数だ。

基本的にはいつもどおりの機嫌がいい彼女ではあるのだが、ふとした瞬間、涼の目を盗むようにため息をついていることがあるのだ。

その上、大概そういうときは辛そうに表情を歪めていたりもする。

涼はそれを見かけるたびに「大丈夫？」と声をかけるのだが、いつものらりくらりとはぐらかされてしまうのだ。

その他には「痛……」や「辛いなぁ」と呟いていることも多く……

そしてとうとう昨日――

「あの、私、ちょっと明日会社休んで病院行ってきますね」

なんてことを言い出したのだ。当然、すぐさま病院に行く理由を尋ねたのだが、「大したことではないので……」とやっぱりはぐらかされてしまった。

そんなことがあっての、今、である。

小春の尾行を続ける涼の頭の中には『病気』の二文字が回る。

彼女のことだ。涼に心配をかけたくないがために、なにも言わない……なんてこともあり得ない話ではない。

少し先を歩く小春はとても重病人には見えないが、無理をしているという可能性も十分ある。

（本当はこんなことなんかせずに、無理にでも聞き出した方がいいんだろうけど……）

小春が言いたくないことを無理矢理聞き出すのも抵抗はあったし、彼女が意外にも強情なのを涼は知っていた。

なので、小春の現状をスムーズに把握するための方法として、涼は不審者になることを選んだのである。

小春は涼に気がつくことなく、そのまま電車に乗り、タクシーを使い、そうして……

「総合病院……」

この辺りで最も大きな病院に入っていった。

涼は頬を引きつらせながら、彼女が自動扉に吸い込まれていくところを見守る。しかもその様子はどこか慣れているように見えた。

（ま、まさか、本当に？）

想像していたことだというのに、心臓がバクバクと大きな音を立てて、額《ひたい》に冷や汗が滲む。このまま自分も病院に突撃をして声をかけるか、出てきたところを問いただすか、散々迷って後者にした。小春だってまだ自分がどういう状態なのかわからないのかもしれない。

涼は、病院の正面付近にあるベンチに座って小春の帰りを待つ。どこか疲れたように項垂《うなだ》れていると、小さな猫が足下に擦り寄ってきた。入院患者たちに餌でも与えられているのだろうか、猫は人に慣れているように見えた。

「猫ちゃん、名前は？」

そう声をかけると猫は地面から跳躍し、ベンチに乗る。声の低さから落ち込んでいるのが伝わったのだろうか、猫はそのまま優雅に身体をくねらせながら膝の上に乗ってきた。まるで撫でろと言わんばかりの態度に、涼は猫を撫でる。そうしていると先ほどまで堪えていたふがいなさが胸に込み上げてきて、ため息としてこぼれ落ちた。

「俺は頼りがいのない男なのかな……」

小春になにも相談されていない自分自身が情けない。彼女を守っていくつもりで一緒になったのに、ちっとも頼られていない事実に目の前が暗くなっていく。

（小春ちゃんが、大きな病気だったらどうしよう。いや、落ち込むな！　その時こそ、俺がちゃんと――）

そんな風に思考を巡らせていたときだった。膝の上で蹲《うずくま》っていた猫の耳がピンと立つ。そうして、涼の手を押しのけてすっくと立ち上がった。猫はそのまま膝から飛び下りて、どこかに行ってしまう。

「あ、おい！」

気まぐれな猫の様子に涼がそう声をあげると同時に、猫が歩いて行った方から声が聞こえた。

「あ、おもち！　元気にしてた？」

その聞き覚えのある声が誰のものか思考する前に、涼は顔を上げて、声の主を正面から見てしまう。

「涼さん!?」

思わぬ人物の登場に、小春はひっくり返った声を出した。


「え。肩こり?」

小春から聞いた病名ならぬ症状名に、涼は気の抜けたような表情になった。

二人がいるのは、涼が猫を撫でていたベンチだ。涼と小春は並んで座り、おもちと呼ばれていた猫は小春の膝の上にいる。

小春はおもちを撫でながら困ったような声を出した。

「昔からひどくて、通っているんですよ」

「こんな大きな病院に? 近くにだって整形外科はあるでしょ?」

「実は、伯父さんの知り合いがここにいるんです。私も今更お医者さん変えるのもどうかと思うので、惰性でここに……」

小春の説明に、なるほど……と納得すると同時にある疑問が頭を掠めた。

「でも、なんで俺に黙っていたの? 最初から言ってくれればこんなに心配しなかったのに……」

本人が困っているのだから、肩こりを軽視する発言はあまりしたくない。

けれどそれでも、想像していたものよりもずっと心穏やかな理由に『なぜ』が頭の中で大きくなる。

「だって……」

小春はなぜか真っ赤になり、もじもじとしだした。

膝頭を擦り合わせるようにしながら頬を赤くする彼女は大変可愛いのだが、どうしてそのような反応になるのかがよくわからない。

いつまで経っても先を話そうとしない小春に、涼は「だって？」と先を促す。

すると、彼女はさらに赤くなって、わずかに俯いた。

（肩こりって、女性にとってはそんなに恥ずかしいものなのだろうか……）

涼はそんなことを思いながら視線の合わない小春をじっと見つめる。

そのときふと、彼女の大きなものに目がいった。

静かな彼女とは対照的に、今日も元気なたわわである。

瞬間――

「あ」

涼は声をもらしてしまう。

だって小春が肩こりを自分に言わなかった理由に気がついてしまったのだ。

それは恥ずかしがり屋な彼女ならば納得の理由で、原因だった。

「ごめん。あの、もしかして、肩こりの原因って……」

そう口にした瞬間、小春の顔が上がる。

唇を引き結んでいるその表情に、涼は自分の推理が正解だったことを知る。

つまり、肩こりの原因は小春の大きく実ったたわわで。

肩こりのことを涼に言わなかったのは、話の流れからそのことを涼に言いたくなかったから。

「涼さんの――」

小春の目尻に羞恥《しゅうち》の涙が溜まる。

彼女はこみ上げる何かを堪えるようにしたあと、消え入るような声を出した。

「涼さんのえっち……」


――後日談――


二人の寝室に、艶《なま》めかしい声が響く。

「あ。あぁっ」

「小春ちゃん、ここは？」

「んん、気持ちが、いい、です」

「それならもうちょっと強くするね」

「ありがとう、ございます、んっ」

二人の姿はベッドの上にあった。

うつ伏せに寝転がった小春に、彼女の身体を太腿で挟むようにした涼。

涼は、小春の背中に手のひらを押し当てて、ぎゅっと押し込んだ。

瞬間、ごりっと小春の骨が鳴る。

「うんっ」

小春の唇から再び甘い声がもれて、身体が震えた。

あれから、二人はお互いに身体をマッサージするのが日課になっていた。提案したのは涼で、なぜ『お互い』なのかというと、小春が『一方的にしてもらうばかりは悪いです』と言った結果だ。

互いに互いの身体を解《ほぐ》すのは気持ちがいい。

気持ちがいいのだが、涼には一つだけ困ったことがあった。

「あ、あぁ……、んん」

「……」

「や、いた。んっ。きも、ちぃぃ……」

「……」

涼はマッサージを止める。

どうしたのかと小春が振り返ると、彼は赤い顔を片手で隠した。

「あの、ごめん。もう一度確認するんだけど、今日って、その、生理なんだよね？」

「え？　あの、……………はい」

「そう、だよね……」

「どうかしましたか？」

「いや。あの……こっちの都合で本当に申し訳ないんだけど……」

「はい」

「お願いだから、変な声出さないで……」

涼は頬を染めたまま、そう懇願《こんがん》した。

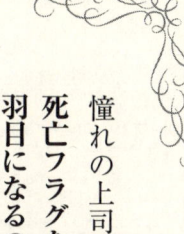

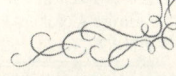

本書は、2022年7月当社より単行本として刊行されたものに、書き下ろしを加えて文庫化したものです。


この作品に対する皆様のご意見・ご感想をお待ちしております。

おハガキ・お手紙は以下の宛先にお送りください。

【宛先】

〒150-6019 東京都渋谷区恵比寿4-20-3 恵比寿ｶﾞｰﾃﾞﾝﾌﾟﾚｲｽﾀﾜｰ19F
(株) アルファポリス　書籍感想係

メールフォームでのご意見・ご感想は右のＱＲコードから、
あるいは以下のワードで検索をかけてください。
アルファポリス　書籍の感想　検索
ご感想はこちらから

エタニティ文庫

極上御曹司《ごくじょうおんぞうし》は、契約妻《けいやくづま》を独占愛《どくせんあい》で離《はな》さない

秋桜《あきざくら》ヒロロ

2025年2月15日初版発行

文庫編集－熊澤菜々子・大木 瞳
編集長 －倉持真理
発行者 －梶本雄介
発行所 －株式会社アルファポリス
〒150-6019 東京都渋谷区恵比寿4-20-3 恵比寿ｶﾞｰﾃﾞﾝﾌﾟﾚｲｽﾀﾜｰ19F
TEL 03-6277-1601（営業） 03-6277-1602（編集）
URL https://www.alphapolis.co.jp/
発売元－株式会社星雲社（共同出版社・流通責任出版社）
〒112-0005 東京都文京区水道1-3-30
TEL 03-3868-3275
装丁イラスト－浅島ヨシユキ
装丁デザイン－hive&co.,ltd.
印刷－中央精版印刷株式会社

価格はカバーに表示されてあります。

落丁乱丁の場合はアルファポリスまでご連絡ください。

送料は小社負担でお取り替えします。


ISBN978-4-434-35301-7 C0193